坏 孩 子

《坏》系列小说三部曲

坏孩子

学 群 著

SPM 南方出版传媒·花城出版社 中国·广州

图书在版编目（ＣＩＰ）数据

坏孩子 / 学群著. -- 广州 ：花城出版社，2016.11
ISBN 978-7-5360-8151-2

Ⅰ．①坏… Ⅱ．①学… Ⅲ．①中篇小说－中国－当代
Ⅳ．①I247.5

中国版本图书馆CIP数据核字(2016)第279371号

出 版 人：詹秀敏
责任编辑：王　凯　庞　博
技术编辑：薛伟民　凌春梅
封面设计：李玉玺

书　　名　坏孩子
　　　　　HUAI HAI ZI
出版发行　花城出版社
　　　　　（广州市环市东路水荫路11号）
经　　销　全国新华书店
印　　刷　佛山市浩文彩色印刷有限公司
　　　　　（广东省佛山市南海区狮山科技工业园A区）
开　　本　880毫米×1230毫米　32开
印　　张　7.75
字　　数　80,000字
版　　次　2016年11月第1版　2016年11月第1次印刷
定　　价　30.00元

如发现印装质量问题，请直接与印刷厂联系调换。
购书热线：020－37604658　37602954
花城出版社网站：http://www.fcph.com.cn

目　录
CONTENTS

序·逆水行舟

马　原

《坏孩子》是本有意思的书。

说它有意思，首先是它挑战我的阅读经验。我是小说的职业读家，我的阅读经验凡数十年积累，可以不谦虚地说是很难被挑战的。或者你成心颠覆了人们恒久以来的价值认同，或者你索性胡说八道，否则你的挑战绝无胜算。《坏》既非前者，更不是后者。这也是我的兴趣所在，是这篇文字的缘起。

这是个类自传体的故事，以第一人称自述。人类有种隐秘的天性，但凡说自己的事，无一例外都会不自觉地带上自我辩解。我可以做坏事，可以造成严重恶劣的后果，我可以杀人可以放火可以投毒，但是我初心不是这样。我是因为这样那样的原因，我是身不由己，我是好心，我有我的无可奈何的理由，诸如此类。这种隐秘天性已经成了某种模式，几乎所有说故事的人但凡说到自己时都绕不开这个暗礁。我的阅读经验之一种。

这时候《坏》的挑战来了。"我"不辩解，不但不辩解，反而生怕你当"我"是好人，"我"要你清晰明确认定你面前这个人是坏人，你不可以误解这一点。这才是《坏》这本书的基点。刘老师，你是"我"老师，但你不可以把我当成是好孩子。所以你问"我"："还没下课，怎么就跑出来了？""我"的回答一定是"尿胀"，粗俗没教养。"我"一定要你不误解"我"，"我"是个坏孩子，是坏这个汉字的本义。坏。

《坏》的片段曾发表在《大家》杂志上，而且得了杂志年度大奖。那个回合学群受到诸多小说同行的激赏。那是个短篇，几千字而已，却已经崭露出锋芒，宣示了一个全新实力小说家的诞生。不过我当时并未在那个短篇中窥测到这个作者的长篇能力。毕竟它是那种速率极快的叙事，在短章中可以高频射出，放在中篇长篇中也许就不那么容易施展了。我不敢借此对学群的写作前景抱太大的奢望。毕竟短篇所释放的能量有限，再卓越的短篇巨匠也难成为小说历史的主角。中国的高晓声，外国的欧亨利、莫泊桑都是例子。

但是《坏》的横空出世粉碎了我的忧心忡忡。学群以非凡的叙事才能在三天持续不断的阅读中彻底征服了我。粗算一下，八万多字的篇幅，它是中篇还是小长篇并不重要，一个坏到出水流脓的人物已经活灵活现被塑造出来，可以和所有小说里的那些坏人比肩，而且绝不逊色分毫。这个牛立人可以写进小说史坏人卷了。

逃学，想象自己是只老鼠，或者干脆是家里那只大花猫。想象自己是恶魔是斯大林，之后钻进奶奶早早备下的棺材里，然后偷窥女人（阿珍姐）的屁股，"好想在上面做点什么"。把戴眼镜的老师说成"戴两块瓶子底"，把讲课说成"是杀猪宰羊的屠夫：无论什么文章，拿到手后先砍成三段，然后开膛破肚，掏出内脏说是中心思想"。历史课更是荒唐，"今天是你，历史是你的说法。明天换上他，历史又换成另一套说法"，"要命的他们还叫你来背诵某年月日，这个怎么着，那个怎么着"，"还要出了考试题叫你答叫你填写，给你打上√打上×，打上59分60分，打上80分或是100分"。"除非你逃到地窖里逃到棺材里去。你进了棺材你就成了历史。"地理课数学课统统是百分百的玩笑，跟小孩屙尿跟拿一堆数字团团转没什么两样。体育课是另一种荒唐，"一二一，一二一，来来回回只是把自己走成两个数字"。只有"厕所是唯一可以尽情挥洒，用自己声音说话的地方"，"在这里用不着装模作样"，"要屙尿先得把裤子扒下来，要屙尿就得把自己的家伙掏出来"。曾经的好学生牛立人真是牛啊。

就是这个牛立人，没等学校宣布开除他就主动把自己开除了。他上了火车但不问车开向哪里，哪里对他都没有两样，他要做的只是离开。离开原来的生活，离开生养他的那个地方。他的第一个去处是劳教所，打架斗殴动粗是开始，劳教所是他人生的第一个驿站。

他原本可以走常人的路，接妈妈班去工作，可是听说要送礼才能达到上班的目的他发飙了，他把家里的土鸡直接掼到劳动局长的办事桌上，给了来视察的市长大人一个发挥施政才能的机会，当然也给了劳动局长一记响亮的耳光。土鸡最终还是拿回来当作庆祝宴的主菜给吃掉，他如愿进了劳动局上班，但是终于忍不住在局长肩上捶了一拳。他又一次自我开除，用他的话说："我一点不想再进这张门。就像从劳教所出来，就没想过要回去。"

牛立人开始与稻草垛为伴，稻草垛也是阿珍姐诱人的屁股弓起的地方。阿珍姐教会了他如何做男人。爷爷安排他放牛，他在天地之间慢慢找到了活路，找到生存的法则。打牛摸鱼锄女人的日子令他惬意和享受。

局长心脏发作死了，警察抓到他又给他逃脱了，牛立人逃罪进了浩瀚的湖洲，开始了逃犯的生涯。那是个极为快意的人生，快意到直让天下男人所钦羡。

学群虽说已过知天命之年，但在小说家群落中还是地道的新人。殊为难得的，是他挟疾风而来，让读家新风扑面，畅快的同时也会叫好叫绝。说疾风，突出的印象是快，机枪点射一般的节奏，会便捷地应和上男读家的心理节拍，在极短的篇幅中获得最大信息量和快感。这也是海明威的成功秘籍，海老爹轻而易举就征服了天下男人的心，成为不朽的偶像。而学群更快，更为迅捷，在同样的文字量中提供了更多。这是种鲜有的超能力，绝不多见，令人赞叹唏嘘。学群的另一种本事也不寻常，就是画面感与抽象的自由转换。阅读过程你会不由自主在脑海里过电影，是的，画面清晰而直接，而且经常有极佳的蒙太奇衔接效果。那也是《水浒传》的非凡之处，是传统中国小说的高妙技法之一。学群的不同在于由实而虚的无形腾挪。小说之所以不能被影像取代，核心力道在于抽象与升华，而随时随地的抽象是任一影像手段所无法企及的。文字的抽象与具象彼此之间也横亘着一道深渊，让诸多做文字功夫者不能任意跨越，从而区分开职业写家与高手之间的不同境界。学群之异秉，尽在轻而易举就走通了两界，所以出手便不同凡响。

坏是种凡人难以达到的境界，《坏》达到了。能够彻底颠覆唯好为上价值观，本身就需要大的智慧，连同大的勇气。没大勇则大智必不及，这也是大智大勇是为成语的根本，成语成语，当是为天道之语。

所以牛立人个人经验是逆天的，常情常理不存在，仁义道德不存在，人伦纲常不存在，一句话：

一个坏字了得。所以搞了人家女人还可以当人家的保镖打手；当了人家打手还可以反制人家。刘义兵也罢王卒也罢，是主人是冤大头是老板在牛立人眼里统统都是一坨狗屎。坏令他无往不胜无往不利。他也是人也有软肋，是人都有软肋。女人是他的软肋，当然又是他的福星乐星。阿珍姐三妹子水蜜桃韩菲韩小冬，尤其韩小冬令他吃尽了苦头，大栽了一把。但他的归宿仍然是女人，是那个切掉了一个乳房的玛丽亚。

玛丽亚，这名字怎么这么熟？学群转了那么大一个圈子，莫不是要成心亵渎神明吧？

2016年8月1日

南糯山

坏 孩 子

坏孩子

从操场溜出来的时候，他们在排队：先是立正，立正之后稍息，稍息之后又立正。向前看齐，向左看齐，向右看齐。向左转，向右转。有时候老师心血来潮，就把排队的人分成A、B两部分，一部分向左转，一部分向右转。叫一声向左向右转，A和B就背靠背各朝一方。接下来，连着两次，A和B又从不同的方向转到一起。还有向后转，转一下背过去，转两下又回过来，跟没转一样。原地踏步，左脚踏在一字上，右脚踏在二字上，从一走到二，从二走到一，有时也会让你从一走到四，从四那儿再折回来。

我是在他们齐声喊一二三四的时候开溜的。上厕所总是一个很好的理由，哪怕是政治课，是晚总结。通往厕所的路就像一个人字，一撇撇向男厕所，一捺通往女厕所。这一切都是规定好了的，男的写一撇女的写那一捺，连校长连刘老师也不例外。牛阶级为了把一捺拿过来把一撇换过去，像老师批改作业一样，把男字打上一个×，换上女字。老师说这是流氓。那时候我还是个好孩子，是班干部，其实我也想把那边的女字换成男字。换成男字就可以去那边看看，哪怕看一眼都是好的。

我顺着人字往前走的时候，刘老师正从一捺那儿走过来。假如还有第二个人，我就不用单打单直直地撞上她。我又不能像只老鼠那样到了这里又缩回去，我只能硬着头皮往前走。野牛遇上狮子，大概就是这样。牛头上有两只角，难怪黄帅说要头上长角身上长刺。刘老师走到跟一撇会合的地方，就站住了。我一下就把角和刺忘了，像往常一样叫了一声刘老师，甚至还讨好地笑了笑。仿佛她还会像过去一样给我一个笑脸，说句什么。她说：

"还没下课，怎么就跑出来了？"

"我，"我马上明白了，我不再是好学生，不再是班干部，我改用一个坏孩子应有的腔调，"尿胀！"

"这孩子，怎么变成这样！"她侧身朝着那一撇说。

我又悔又恨——动不动讨好的笑容就往脸上爬，脊椎骨就往下弯！电影里的叛徒就是这样。一个人这么容易就叛变了，叛的还是他自己。没有谁会把自己拉去枪毙，去服苦役，我能够做的，就是把身上那点水狠狠摔到便池里。

事情是从一把锁开始的，要怪只能怪那把锁。

阿珍姐和昭大哥去走亲戚，门上挂着一把锁。

我走过去，锁说：家里没人，家里没人！我走过来，锁说：来呀，怎么不来呀？爷爷的床底下有一把锤子，我很想一锤把它捶了。可是锁它代表阿珍姐代表昭大哥代表好多东西。锤子它不能代表爷爷，它也不敢代表我。能够动那把锁的只有钥匙。可是假如它因此就以为，没有钥匙我就拿它没办法，那可就大错特错了。

　　我顺着屋阶下的排水沟绕到后面，那里有一张门，门旁边有一扇窗。门从里面上了闩。我要做的是从窗户的栅栏里伸过手去，伸向里面的闩。手摸到了门框，中指甚至感觉到门闩就在近前，可是够不着。胳膊被窗栏勒痛，手指累得发酸，还是不行。后山的竹林里哗的一声响，手像触了电一样弹了回来。一只野雉格格叫着飞走了，狗只能朝天吠上几声。狗日的，把老子吓成一只野雉样。

　　我想我得有一根棍子。犁田一根棍子，隔着犁耙就能够到牛屁股。教书一根棍子，不费力就可以伸到黑板上头。朱瞎子一根棍子，直着腰也能摸到路。阶级儿子有一根棍子，就可以把尿抛得老远。

整个竹林全是站立的棍子。要找到一根，先得找到刀。我不敢找奶奶要刀，在茅厕里摸了一把锄头。锄头力更大，下手比刀狠。一竿往上生长的竹子顷刻丢头去尾，把一段身子给了我。

棍子很容易就到了门闩那里。可是我的想法不能很好地送到棍子那头，那边的情形也难得传回来。手指比棍子强，可它到不了那里。棍子到得了，却不知道到达的是什么。眼睛没法弯进去，它只是在那儿瞎动。有一次似乎触到什么，可是一晃而过。回头再找，抵住的东西一动不动。我有些泄气：这里头哪一间屋子没有去过？无非是床呀衣柜呀，厨屋里有灶和碗柜，猪舍有茅坑，不止一次打机枪似的往里头射尿。收回棍子时，我想到那边那把锁。它该笑了：怎么，不行吧！

靠窗的桌子上躺着一面巴掌大的镜子，斜斜缺了一角，四个角因此成了五个。棍子从旁边伸过去的时候，它一直仰面朝天。拿起镜子，我眼前一亮。镜子斜斜地把目光送进去，一下就看到了门闩。眼睛跟手不在同一个方向上，让人不大习惯。棍子像是喝醉了，弯弯曲曲到了门闩上。我屏住呼吸，在镜子里拨动门闩——棍子那头一动，门呀的一声开了，很惊讶的样子。门开了一条缝，一推就可以进去。回过头来把门关上，插上门闩——现在它成了我的门闩。厨屋那边还有一张门朝向前面的地坪，门外面的锁，它只听钥匙的。一个没有钥匙的人从后门进来了，它生气了：门扣一动，锁响了一下，一阵风从门缝灌进来。我用膝盖顶住门，把门闩上。锁在外面挣扎了一下，作废了。世界被关在门外，门内现在是我的。

就像孙悟空闯进王母娘娘的天宫，就像游击队摸进敌人的大本营，什么班主任什么路队长统统没有了，你一下走进连环画，走进电影里，走进某个神奇的故事中。竹棍被我骑成马。骑了一阵，它又成了摩托，成了装甲车。等到我把它从胯下抽出来，它又成了机枪。就像我父亲，在厂里他是工人，站到我面前他是爸爸，一转身看到爷爷奶奶，他又成了儿子。只要你愿意，一根竹棍也可以变出很多东西。

墙上挂着一顶发黑的草帽，一件旧得发白的黑罩衣从草帽底下披挂下来。它是个老奸巨猾的家伙。趁我不注意，它动了动。我一转过来，它又不动了。我提高了警惕：窗框上一根系在钉子上的烂布条斜斜伸起，罩衣趁机在草帽底下动了动。被我逮住的还有蚊帐。它们密谋造反，妄想恢复他们失去的天堂。凡是反动的东西，你不打它就不倒。机关枪来了，横扫敌军如卷席，顺带还把后面的山和竹林子削去一大半。

接下来就可以踱来踱去，当斯大林当朱可夫当叶挺了。考虑到叶挺死得早，朱可夫上头还有一个斯大林，干脆当斯大林得了。要当斯大林，得有胡髭、烟斗和地图。有了这三样东西，就可以踱来踱去，就可以跟天一样大想干什么就干什么。胡髭的事情好办，到锅底下摸一把烟煲，往鼻子下一摸，斯大林的胡髭就越过西伯利亚来到我这里。地图那玩意，我画过，弟弟画过，都留在家里的床单上。昭大哥画过吗？阿珍姐画过吗？昭大哥的地图应该是一个雄斑鸠。阿珍姐呢，大概是一只蝴蝶。风鼓动蚊帐，就像蝴蝶在扇动翅膀。雄斑鸠就不要了，蝴蝶的两扇翅膀，就像张开的西伯利亚。西伯利亚足够大，可以放开马蹄和车轮奔驰。我手里的棒棒，当过机关枪当过迫击炮，比阶级儿子长，比校长的长，比昭大哥长。地图上的大好河山，它都够得着。胡髭有了，地图有了，离斯大林只差一棵烟了。不是两根手指一伸做成抽烟的样子，也不是掐一段芦苇棒当成烟。我用一块报纸裹了一些干红薯叶。红薯叶不太肯往下燃，又从垫被上扯了一些棉絮加进去。烟一燃起来，所有事情就全是真的啦！

斯大林抽烟，铁托元帅抽烟，丘吉尔抽烟。蒋介石不抽烟，抽烟的把不抽烟的打败了。想来秦皇汉武成吉思汗都抽烟，要不怎么叫狼烟四起烽烟滚滚？斯大林吐出一口烟，西伯利亚那一大片就万马奔腾，风尘滚滚。再吐一口烟，万炮齐发，一片火海一片浓烟。斯大林吞云吐雾。希特勒灰飞烟灭，连他的胡髭也救不了他。点上一根烟，烟从胡髭那儿升上去，就成了天上的云。抽烟的人就像住在天上。我不知道他们为什么只顾自己上天，不让我们抽烟？年岁是他们唯一的理由。就是说，抽烟先得装上胡髭。

　　阿珍姐的衣服在装镜子的那张柜门后边。柜门打开，一柜子衣服带着一个漂亮女人的气息，还有阳光晒过的味道，扑面而来。这时候你还能怎样呢？无论你是斯大林还是希特勒，只有把马和地图放下，把战争放下，胡髭和烟斗也得放到一边。就像搂爹说的，蛾子扑向灯火的时候，不会去问灯盏端在谁手上。屋漏水落到谁家的时候，不会去管门是不是上着锁。

柜边放着一把梳子。梳子顺着阿珍姐的发辫往下梳，就想起写文章引用了一条语录一句诗词或是报纸上一段话，文章就可以一口气往下写。一件上衣就像一篇文章的中间部分。中间部分也就是主体部分，文章的中心就在这里。有些文章的中心藏得深，就像厚厚的冬装。还是夏装好，中心突出主题鲜明。阿珍姐在插秧，两样东西垂在那里，兜住它的就是一层布。阿珍姐在走路，胸衣里像有两只兔子在蹿，蹿啊蹿……江夫子说，分析文章就是抽丝剥茧，把文章的中心找出来。两只兔子到他那里，可不可以打上80分？一条裤子，摊开来就像一个印刷体的八字，长裤子大八，短裤子小八。那时候我还太年轻，以为一条裤子就是一篇文章的结尾，结尾就只是结尾。那时候不知道，文章分段完全可以是另一种分法。

从斯大林到阿珍姐的花短裤，所有这一切，被一声咳嗽一扫而光。随着一声咳嗽，一条人影从窗外劈面打来。建大伯从山背后收工回来，咳嗽一声，从窗户外面走过。所有的电影和连环画一下收场了，一切又回到原来的样子，床是床，蚊帐是蚊帐，衣柜是木头做的。那些衣服裤子一阵风跑回柜子里。

就这样把一世界的事情丢下，空着手回去？竹棍本来就是我的，除了它还带上点什么？房子我带不了，衣柜也带不了。一柜子衣服，我一件也带不了。它们都有些烫手。老铁匠的手不怕火，他的手上有一层厚茧。我选择梳子。提纲挈领，抓住它，下面的东西也就跟着来了。

我走出去，又走回来，走到厨房里。咔嚓一声拔下门闩，门扣在外面一声欢呼，锁也跟着活过来。魔法消失，房屋又成了昭大哥和阿珍姐的。奶奶在门外地坪里叫我回去吃饭。出门的时候，我把梳子留下，换成那面镜子。梳子她只有一把，镜子衣柜上还嵌了一面。原来四只角的镜子，打掉一只，反倒多了一只角。这有些像魔法。一屋子的魔法只剩下这面镜子：从门闩启动，到烟和胡髭出场，再到柜子的段落大意和中心思想，全都在镜子里！棍子拨开的门闩，就像阉掉的驴子没法复原。门裂着一条缝，赌气似的。我弄了一截芦苇，压进门与门框之间。门不再动弹，阿珍姐的房子，只好这样交还她了。

镜子装在衣兜里。衣兜很快活，走动时，它跟着步子一起跳。奶奶在前面叫，我从后面回到了家。我从屋后的排水沟进到茅厕里，猪已经吃过午餐，懒洋洋地哼了哼。猪圈旁边有一堆草木灰，等着拌上猪粪之后撒到田里去。我摸出镜子。刀一般锋利的镜子，一头插进灰堆中，一点痕迹也没有。

镜子是个好东西，每个人都可以在里面找到他自己，也可以把心里的一些东西交给它。镜子好像比它自己大很多，没有一条边线能够管住它。再大的东西都可以往镜子里装。把阳光交给镜子，镜子不会贪污不会浪费。把镜子悬在头顶，地面上的事物，就会在天顶上长起来。把镜子搁在地上，它会躺成池塘，在自己的里面养一块天空，还有云和几颗星星。就是这样一面镜子，我把一世界的东西交给它，它却只能埋在灰中，跟一头猪做伴。

现在我已经知道夜里跟白天不一样。埋在灰堆中的镜子，好像打夜班的人种下的梦。灰堆一到夜里就像是掺了水。镜子总是很容易蹚过墙壁，来到床上。我等着，先是等到弟弟熟睡的呼吸声从床那头传来，接着又等到爷爷奶奶的鼾声古藤似的从另一间屋子里爬过来。我尽量把声音压低，通往厕所的门还是吱吱呀呀响起。我甚至听到爷爷还是奶奶翻了一下身，一根藤好像断了——还好，它似断而连，过了那一段，又一路蓬长起来。猪在黑暗中哼了两声。我装模作样撒了一把尿。满世界都在倾听一条水跌进茅坑的声音。一股人畜粪便混杂的气味带着熟悉的暖意，在夜气中升起。

我看不到灰堆，可它是比夜色实在的东西，一伸手就可以摸到。手扎进去，摸出来是一块响亮的东西。夜在上面泛动它的幽暗。给它一点点光亮，白天就会在上面活转过来。

我摸着它的平滑与光亮。在打缺的地方，摸到它的锋利，就像爷爷在摸一把磨过的镰刀。一块镜子的锋利，我用它收割什么呢？要割就把这个世界割下一块，归我一个人所有。要割就把阿珍姐的房子割下来，没有老师，没有班干部，没有教室和操场，当然也没有昭大哥……

鬼使神差，我打开了通往外面的门，好像真的要去割那间房子。好像阿珍姐也像稻子麦子一样，是可以收割的东西。夜间的风被后山的竹林子举在那里，一会儿一大片，一会儿一小股。有一些会从那里溜下来，刚才还在你的衣服上，一下又到了盖着菁茅和稻草的屋顶上。风好像是活的，一些东西也跟着在黑暗中活过来。一些落叶草屑先是跟着我蹑行，又突然一阵跑散。一块砖头，几只老鼠，一只惊飞的夜鸟，随时会从暗处蹦出来。你的那颗心又正好系在那些东西上。

黑洞洞的窗户朝向黑沉沉的后山。风引带着一竹林子的黑影在摇在动。窗子底下，我试图蹲得像一尊石头。可石头它没有心跳它不会呼吸。心一跳，呼吸也就来得响亮。我怕这响亮把窗子里面的晦暗惊动。好像是阿珍姐的声音：门明明闩着的，会是谁呢？昭大哥的声音像锤子：谁，等我逮着了，一坨捶破他的脑壳！我摸了摸脑壳，真想对里面说一声：不要怀疑我，我是班干部！要怀疑就怀疑阶级儿子，怀疑山麻雀也行。

里头一阵动，就像一件重物压在另一件东西上，从重物底下传来的声音，像是极难受，又像是极痛快……

　　我落荒而逃。里头正忙着自己的声音，也顾不上外头的声音。茅厕门一阵吱吱呀呀，仿佛要把刚才没说完的东西说完，甚至还想问一句去了哪里。我给了它一脚。爷爷的声音从夜深处传来：谁？我说：我，屙尿呢。手伸进松软的草木灰中，我把镜子掏了出来。那地方现在不再住着故事和梦，它住着阿珍姐和昭大哥。你能有的就这面镜子！就是这镜子，你也只能瞅时间，偷偷跟它相会一下。

　　晚上欠下的瞌睡找到课堂上来了。我努力睁大眼睛，刘老师还是越来越远。她的声音经过一段累人的路程，来到我这里时，像纺织娘娘，又像入睡的鼻息。睡眠像慢慢涨上来的水。刘老师把我捞起来时，我还在一个劲往下滑。我睁开眼睛时，他们都在笑。过了一段时才明白他们笑什么。刘老师问：刚才讲的什么？课堂上睡觉，想必是不用听就知道！说说看，刚才讲什么？

陈小琴在一旁悄悄告诉我勾股定理。我跟着说了一个"勾"字，不知道下面该说什么。刘老师在一旁穷追不舍：沟？什么沟？

排水沟。不知怎么就脱口而出。

笑声满教室炸开。里头有阶级儿子木桶般的闷响，有牛心得痴痴的笑，也有陈小琴银铃般的声音。牛心得，那个把屎屙在裤子里的笨蛋。阶级儿子，就只有屙尿的本事比我大。山麻雀不也在课堂上睡觉？他爸用楠竹片打他屁股，打一下问一句：还睡吗？还睡不？后来楠竹片断了，他爸不问了，剩他在哭。陈小琴她神气什么，阿珍姐你比得过吗？还有獴猪崽，从前睡觉的事差不多让他一个人包了。现在轮到他们笑话我了。什么屁勾股定理，屁股上面还一条沟！

一坐下瞌睡又来了，脑袋就像装在一块篾片

上，一会儿歪向东，一会坠向西。一根涎线在空气中垂钓，它钓到的东西大概很沉，最后钓丝断了。我一下睡到下课。陈小琴告诉我，刘老师说：让他睡吧！

第四节图画课，老师教我们画桌子：先是一个斜着的平行四边形，添上四根棍子，它就变成一张桌子站在那里。接下来画抽屉：画上四条边，再加上一个拉手，表明它是可以拉动的——是啊，所有抽屉手一拉它就开了，所以叫抽屉！一想到这，我就坐不住了，下意识地摸了摸脑壳。已经犯了一回课堂纪律，无论如何还得犯一回。我从课堂上开溜了。

早晨起得迟。上学的时候，匆匆忙忙就将镜子塞在窗前那张桌子的抽屉里。镜子上面盖着一沓叠好的奖状，奖状上面还压了一本四角字典。当时以为，这些奖状就是最好的甲胄，何况上头还加了一本爸爸送我的字典。坐在课堂里给桌子画抽屉的时候，才想起抽屉是可以抽开的。抽开之后，把字典搬出把奖状取出来，不是什么难事。

一路上，我把心里的焦急都走到路上，把路走成一条暴涨的河。一头撞进门时，弟弟正一屁股坐在桌子上，拿我那根竹棍往空中扫射，从嘴里嗒嗒声听得出，他拿的是机关枪。一看我的脸色，这机枪手赶紧放下机枪溜走了。

镜子还在，字典和奖状好像动过。这地方是不能再放了。

床上不能放。本来就睡两个人，我一走，床就是弟弟一个人的了。还有，奶奶会过来收拾打理。床下不能放，捉迷藏说不定就把它捉上。灰堆里也不可久留。奶奶的衣箱底下或许可以放一放，假如奶奶不往箱底找什么东西。大水缸后面本来可以放一放，可眼下那里放着爷爷的磨刀石。池塘边洗衣的石板下面有一条缝隙，谁知道那些摸螺蛳蚌壳的手不会摸到那里去呢？灶火塘碗柜柴堆鸡窝猪圈牛栏风车，无论到哪里，总要遇上别的东西。

这个下午，我一直在给它找住的地方。我先去找后山的老榆树。爷爷说，爷爷的爷爷那时候，它就在那里了。它就像一个和善的老人，谁来它都不会拒绝，谁来都欢迎。一些虫子，干脆就把家安在它身上。下面那个树洞，住过刺猬，住过找不到家的狗。奶奶那只丢失的黑鸡婆就是从这里带回一窝鸡仔。树洞太大，谁的手都可以伸过去。虫子的家又太小，镜子没法住进去。喜鹊把巢筑在树巅上，鸟巢的上面只有天空，人没有办法去到那里。

我找到家中的阁楼上。墙上挂着一件蓑衣，蓑衣下面盖一个墙洞，墙洞住得下一面镜子。可是这地方弟弟知道，山麻雀跟我来过，他也知道。一只斛桶放下一面镜子绰绰有余，可它是粮食们的驿站，不时有稻谷荞麦红薯丝进进出出。簸箕和筛子还有篮盘，去你们的吧！值得注意的是两具棺材：一具给爷爷住的，一具给奶奶。他们住进去之前，一具住着稻谷。爷爷说他一辈子的愿望就是一口白米饭。把镜子埋进稻谷中，无论睡着还是醒来，全是白米饭。可是稻谷完得快。吃白米饭的地方不可久留。还有一具空着。爷爷奶奶正往荡了一层牛粪的地坪里晒红薯丝。红薯丝一晒干就要住进来。我以为楼上可以找一处地方，可是没有。这个世界好像不是为这面镜子设立的。世界看起来很大，住得下牛和猪，住得下爷爷和奶奶和他们的棺材，住得下三好学生，住得下校长主任这样一些大人物，可它住不下一面镜子。奶奶那面斑驳的大镜子大模大样坐在桌面上，我的镜子不行。

它也像爷爷说的，是红薯命。最后我找到屋后的红薯窖，用镰刀挖了一个洞，把它埋进去。把光，把声音全都关在外面，地底下才是最值得信任的。难怪那么多动物要在地洞中藏身，种子要跑到地底下去发芽。南瓜是这样，玉米是这样，树木是这样，红薯也是这样。人在地面来来去去，没能找到一个安身的地方，最终也要睡进棺材，种进地底，说是入土为安，说那里才是千年屋。

那一沓奖状依旧躺在桌面上。从小学一年级开始，它们是我做好孩子的见证。多年来，它一直是我和爷爷，也是身在外地的爸爸妈妈的宝贝。

第一张奖状：牛立人同学一年级上学期，政治思想表现好，学习认真，热爱劳动，锻炼身体好，被评为三好学生，特发此状，以资鼓励。为了这张奖状，爷爷特意杀了一只鸡，还悄悄塞给我三粒糖，叫我不要声张。一共五粒糖，只给了弟弟两粒。我学过算术，比弟弟更懂得3和2：2+1=3，3-2=1，3-1=2。就是说他吃一粒我吃一粒，他只剩一粒，我还跟他没吃时一样。他吃完两粒就什么都没有了，我还有一粒。之所以我是三，是因为我是三好学生。上学的第一天，爷爷送我，就叫我拿三好。我问他拿三好有什么好，爷爷说拿三好将来可以当干部。我问他当干部做什么，他说不清，就说拿三好有糖吃，还有鸡肉吃。

为了当三好，我把手背到背后，像书上的字一样坐得工工整整。老师讲什么，我就听什么。老师叫写作业，就规规矩矩将那些笔画往格子里装：撇横横竖弯钩，点横横竖横，点横撇横竖折竖竖横折钩竖，横撇横折钩，竖竖折点撇横折撇点。老师在等号左边写上1+2，我就在等号右边写上3。老师在那边写上3-2，我就在这边写上1。还有排队，老师喊一就提左脚，喊二就提右脚，提左脚的时候摆右手，提右脚的时候摆左手。

这以后，课文越来越长，点横撇捺还是一样的。数学也无非是加法换乘法，减法换除法。排队还加上做操，想来就是要把人的手脚弄成点横撇捺那样。背语录，走路就说一句万里长征走完第一步，扫地就说一句扫帚不到灰尘照例不会自己跑掉，上楼当然是好好学习，天天向上，上厕所则是横扫一切害人虫全无敌。还有做红事，给五保户朱奶奶提水，临走时朱奶奶说谢谢，就回上一句：要谢就谢毛主席，是他老人家叫我这样做的。帮助五保户做红事谁都做，实在太平常。最好的办法是到路边捡上一分钱，把它交给老师。可惜东风大队的人全都不往地上掉钱。为了表现突出，只好忍痛把妈妈回来时给的三分钱拿出一分——一分钱就是一粒糖！牺牲一粒糖，换来的是一张奖状！

这些奖状中，有一张是毛笔字比赛第二名。本来我应该得第一，可是写到席字的时候，我一时兴起，把那一竖伸到下面的好字身上去了。老师红笔一挥，我就得了第二，第一名给了陈小琴。我知道，陈小琴也知道，这是因为格子。格子你不能越过。格子就像校纪校规，遵守它就是好孩子好学生，甚至还是班干部，否则就是坏孩子。无论毛笔钢笔还是铅笔，你的一笔一画，只有老老实实待在里边。即使动一动，也只能像排队做操一样，一二一，一二一，一下一下地来，每一下都在规定的尺寸里。瞧那些欧体呀柳体呀，全都规规矩矩，一副缩头缩尾毕恭毕敬胆小婆心的样子，偶尔举一举手像是在向什么大东西挥手致敬，两只脚往地上一站，就像立正一样。看着它们，难免会想：老这样子，不累吗？大概待在格子待久了太闷的缘故，那些颜体字，一个个金刚怒目，一撇一捺就像刀架在那里一样。颜体字就像阶级儿子，犟起来犟得牛死。我不喜欢颜体字，我喜欢草书。一个人在格子里待久了，就有了草书的想法，没有一二一，也没有一二三四，横格竖格都不要，所有的笔画都像河水，可以打滚可以奔腾可以大喊大叫可以飞流直下一泻千里……可是红笔等在那里，它的任务就是沿着一条条框边往左看往右看往上看往下看，看到冒头的就把它抓住把它砍掉。格子永远是格子！红笔也好，奖状也好，糖也好，还包括鸡，所有这些，就是要把人写的字和写字的人装在格子里。只要你把奔流的想法全都装进格子里，他们就会朝你笑，就会让你上台领奖，并且让台下众多的印刷体朝你鼓掌。假如那时候我就已经五十岁，这样的奖状也许我会一直拿下去。

可是我还没有这么大。当我用它们来盖住一面镜子时，奖状就不再是奖状啦。

迟到，早退，在课堂上打瞌睡，一个坏学生要做的事，就只剩逃学了。

那天晚总结，刘老师就是这么说的。十五分钟的晚总结，她至少说了两个十五分钟，其他班的早就背上书包走了，她还在说。

有的同学，也不知被鬼勾了魂还是怎么的，突然一下就变成这样！上课打瞌睡，还钓鱼呢——钓鱼能当饭吃吗？你们别笑，课堂上钓鱼的还不止一个，好几个哟。钓鱼就钓鱼，我的课你们不想听，也就罢了，别的老师的课总该认真听吧？没想到往厕所里一溜就没影了，还以为掉到茅坑里去了——

苍蝇才喜欢待在那里！放着好学生不当，要当苍蝇！被鬼勾了魂，喊几声就回来了，我们有的同学呀，喊都喊不回来……

她没有点名，听的人都知道她说谁。后面的人不用说在望着我的后脑勺，右边的往左扭，左边的往右扭，前面的也不时转过身来朝后望。刘老师转过去说起他们，告诫他们课堂上应该怎么坐怎么听。说了一阵，到该转回来的时候，偏偏又有其他班的同学趴在窗户上朝里望，牛阶级伸出一只手朝那边打手势。刘老师的话题又转到牛阶级那里。同学的目光跟着老师的声音织布似的，难得的空当。我自由地动了动身子，有一句话来到嘴巴边上，一张口，它就跑了出来。跑出来才知道声音大了一点。可是已经迟了，它把刘老师从牛阶级那边引了过来。刘老师问我说什么，问了好几遍，转向学习委员陈小琴。陈小琴说她没听清。转向牛心得，牛心得痴痴一笑。转向山麻雀，山麻雀摇头。转向副班长：你说，他刚才说了什么？副班长咽了一下口水，说了出来：墙上的芦苇，头重脚轻根底浅；山间竹笋，嘴尖皮厚腹中空。

二十二个字，伟大领袖都引用过的对联，从我们口里一溜而出的东西，到刘老师那里变得难以下咽，她用力咽了几下才把它吞下去。吞下去之后，她连着说了几声好，仿佛真的在赞美：说得真好！是啊，我嘴尖，那么多话，别的班都放学回去了，你还在那儿说个不停，不是嘴尖是什么？皮厚，什么叫皮厚？就是脸皮厚啊！人家不高兴听，你还在说，说得人家嫌还要说，不是脸皮厚又是什么？还腹中空呢！知道什么叫腹中空吗？就是腹内空空没装什么墨水——是啊，刘老师没文化，刘老师教不了你们啦……

英雄就是死猪不怕开水烫。我昂头望着屋顶，从玻璃瓦上透过来的最后一点亮光，刚好把一块蛛网照亮。一只蛾子被网住一半，用一半翅膀在扑腾，扑腾又有什么用呢？我不想解释，说我不是这个意思，不是说她。恰好在这个时候这个地方，这句话从你嘴里出来，你还能说什么？

刘老师说：

我不说了！我腹内空空，我不能嘴太尖，皮太厚，放学！

刘老师真的气坏了。我偷偷扫了她一眼，脖子那儿似乎变粗了，那是往下吞咽的结果。没有人跟在我身后。一个人就一个人，没有他们，我还有一面镜子。关云长单刀赴会，我是坏分子我不再在乎什么！我大步流星走出教室，把他们统统甩在后面。

这以后我开始逃学。

逃学从自家的阁楼开始。爷爷奶奶就在楼下，我躲在他们的头顶上。奶奶老是在说话在念叨，走到哪里就把声音带到哪里。爷爷不说话，一个劲在抽烟。闻到辛辣的旱烟味，就知道爷爷在下头。楼板就像班干部，你一动它就响，在爷爷奶奶的头顶上响。

　　蹑手蹑脚，就像一只老鼠。老鼠从洞里出来，就跟偷了东西似的，躲躲闪闪，挤紧身子贴着墙一路小跑。遇着什么，赶紧往洞里一钻。一只老鼠总是随时随地能找到洞口，从地面上消失。洞口之内，四通八达，可以自由来去。老鼠要逃学会容易得多。它可以白天躲在洞里睡觉，晚上再从那里溜出来。晚上人们都被睡眠收走，世界就空出来了。假如它有一面镜子，也不用藏在地窖里，人和镜子之间隔着好几堵墙隔着泥土。老鼠比人强。当然，这并不意味着我想做一只老鼠。要做至少也得做一只猫，就像这只躺在楼板上呼呼大睡的大花猫。

　　一只老鼠不能这样大大咧咧躺在这里睡大觉。一个人也不行。猫摊开身子，把整个白天都睡成了夜晚，到了晚上再动身。那时候没有人，没有这个校长那个主任，没有课堂和操场。没有这些东西，世界会变得很大，大得可以做很多想做的事情。

不用上课，不用开会，不用背这个背那个，不用做操。一只公猫最想做的事情大概就是跟母猫在一起。母猫其实也愿意，可它要装出不愿意的样子。猫叫起春来惊天动地，它的情场比礼堂比操场比大队公社还要大，连天空也变成了它们的。星星眨着眼，一副知情的样子。孙悟空七十二变，我只要一变，在逃学的时候变成一只猫。

人没有办法像猫那样。他要么像一只方块字，一横一竖一撇一捺全都工工整整坐在格子里。要么从格子里溜出来，像一只老鼠偷偷摸摸——虽然你什么也没偷，只是把自己的时间从规定好的地方拿一些回来，可你还是像偷了一样。仿佛它们本来就不是你的，是家长的，老师的，校长主任的，这个那个的。他们的理由堂而皇之，他们把你的东西收上去，天经地义。这个世界本来就是为他们设计的。除非你也长上胡髭叼上烟斗。可是我的这些还装在一面镜子里，镜子埋在红薯窖里。因此，你只能像老鼠一样，偷偷挪动自己的脚。

从南墙的小窗投进来的一块亮光刚好把中间一块地方照亮，靠墙的好些东西全都待在晦暗中：蓑衣大篮盘斛桶箩筐，藏得下人的就那两具棺材。一只老鼠它要出门，就得先找好藏身的洞。

　　小窗外面，池塘边的麻石跳板上蹲着一个女人。女人正用棒槌捶打前面的湿衣服。每捶一下，池塘周围就应和着一声共鸣。周围的塘墈、树木、房屋，还有远处的山都乐得跟一个女人一起出声。捶过一阵，女人将衣服伸到石板下面去漂洗。这时候，她的臀部就像是专门弓给楼上的小窗看——阿珍姐的臀部！她竖在那里，你好想在上面做点什么，又不知道究竟做什么。有一种欲念打身子里面往外伸展，可它能伸到哪里去呢？它伸不过地坪——偷金砖抢羊跳房子的地坪。你什么也做不了，只好在窗户里面摇动你自己。你一动，楼板就在脚下响。

　　楼梯在一步一步往上响。奶奶一边往上，还要一边跟自己说话。她上得很慢，这让我有了时间躲进一具棺材之中。棺材盖和棺材咬合的那一声响过后，谷粒和木材的气味拌进黑暗中，愈来愈浓稠，呼吸变得沉重起来。我在靠墙的一面将棺材顶起一只角。奶奶踩在楼板上的声音就从那里传进来。她在寻找刚才的楼板声。她找到猫，对自己说：猫怎么会弄出这么大的声音呢？接着，她叫一声：黄鼠狼！她问自己：黄鼠狼和老鼠和猫，除了它们还会有谁呢？她不学数学也知道，三个加在一起，得数就大。就这样，她用沉重的脚步声找到她要找的声音，又用刘老师的数学定理证明她是对的。她不知道，她要找的声音来自一个逃学的人。此刻，他就躲藏在她将来要去的棺材里。在逃学的人看来，那些假装死去的人们，或许只是像逃学一样从地面逃走。就像猫逃进黑夜，老鼠逃进洞中。棺材把地窖一样的安静，把浓稠的黑暗装在里头，难怪他们要把它叫作千年屋。从这里出来，感觉就像逃到另一个世界去了一趟。江夫子说的涅槃，大概就是这么回事。

一个人一旦成为坏孩子之后，就会发现，做一个坏孩子其实要容易得多。你可以逃学，世界在一个逃学人的眼里是另外一副样子。不逃学的人永远不会知道。一开始，你偷偷摸摸，还以为世界上所有的事物都比你来得高大，都可以拿一双眼睛看你，叫你相信你错了。你只有像一只老鼠缩头缩脑。很快我就知道了，只有好孩子才需要缩头缩脑，看到老师看到校长，得赶紧递上笑，乖乖叫一声。你都成坏孩子了，干吗还要管这些？你可以像一头野兽，横冲直撞；你可以像一只打足了气的皮球，乱蹦乱跳；你可以像一只夜间的猫，漫天号叫。总之，一旦成了坏孩子，就会发现，有很多事情，你都可以干。刀子靠它的尖锐实现它的想法，地上没洞，它可以挖出一个洞来。难怪那镜子要缺成一把刀的模样。坏孩子就是一面打缺的镜子。自己把自己打缺。好孩子可不是什么都能干的。他只能一点一横一撇一捺，全都老老实实装在格子里。他可以拿奖状，可是好多事情他不可以做。

我不再喜欢语文课。江夫子戴两块瓶子底，一条眼镜腿断了就牵一根绳子，看他样子像账房先生，其实是杀猪宰牛的屠夫：无论什么文章，拿到手先砍成三段，然后开膛破肚，掏出内脏说是中心思想。我不再喜欢历史课。历史只是某些人的一种说法。今天是你，历史是你的说法。明天换上他，历史又换成另一套说法。无论谁，都是一副老师班干部的嘴脸，都说得头头是道。你站在高处，你的声音就传播得远一些。他手上有一只喇叭，道理又到了他那儿。事情由分贝大小来决定。谁能驳倒校长教导主任手上的喇叭呢？要命的是他们还要叫你来背诵——某年月日，这个怎么着，那个怎么着。据说还有很多意义，历史的，现实的。仿佛那些人隔着好些年，甚至是几百上千年就已经想好了，要留下一些意义来叫你背诵。我倒是想问问,这么一大堆时光过去了,编书的人怎么就知道是这一天,而不是那一天?怎么知道当时的人怎么想怎么看?要是恰恰相反呢?就是这么些东西,他们还要叫你一遍一遍去背诵,还要出了考试题叫你答叫你填写,给你打上√打上×,打上59分60分,打上80分或是100分。仿佛学校就是一场无休止的背诵和填空。除非你逃到地窖里逃到棺材里去。你进了棺材你就成了历史。成了历史的人不再管历史书上怎么说。我不再喜欢地理课。那些用一条条界线框起来的七彩地图,在老虎狮子那里不过是一道道尿液。它们出来巡边就是撒尿,像阶级儿子一样射尿。他们把这些尿液编成书,就成了我们的课本。干嘛不把我和阶级儿子拉的尿也编上?我弟弟画在床单上的地图一点也不比这逊色。我本来就不喜欢数学。就那么几个数字,ABCD颠过来倒过去算啊算,加了又减减了又加,加了减了还嫌不够,又是乘呀除呀,还要弄上乘方开方什么的。说是数学,其实就是要弄上一堆数字，叫你围着它团团转。大概，对于许多人来说，世界上的事情，不换成数字，不换成元呀角呀分呀就无法理解。我也没法喜欢政治。它弄了一些东西让我们背诵，我们记住了，它却那么健忘。比方说那位副统帅，关于他关于他说过的话我们记了好多，亲密战友啦永远健康啦活学活用啦。可是突然一下，它就成了另外一种东西，比方说定时炸弹，不齿于人类的狗屎堆，而且历史上一贯反动，一直不听话。想来，它是一点也不记得它说过的话，好像一直以来说的全是眼下说的话，好像它早就有先见之明似的。它不记得了，我们却还记得。我闹不懂的是，它自己都巴不得早点忘掉的东西，干吗要叫我们去记去背呢？我早就说过，我也不喜欢体育课。一二一，一二一，来来回回只是把自己走成两个数字。

陈小琴笑起来。还好，她总算还会笑，而且是朝我笑。她说：你这也不喜欢，那也不喜欢，就没有一处你喜欢的地方？我说：要喜欢的话，我宁愿喜欢厕所。

厕所是唯一可以尽情挥洒，用自己声音说话的地方。在这里用不着装模作样，无论你是校长、教导主任，是老师还是学生。要屙屎先得把裤子扒下来，要屙尿就得把自个儿的家伙掏出来。别看他们在外面走动时一个个有模有样，站在高处讲起话来一副真理的嘴脸，其实里头装的跟我一样，都是有机肥。

男厕所的小便池，用火砖砌了一个长方形台子，要屙尿往台子上一站，噼里啪啦地干活。在教室里，讲台是老师的；在操场上，指挥台是用来吹口哨发号施令的；在礼堂，主席台是校长教导主任的。只有在这里，小便面前人人平等。我曾有幸与校长和教导主任一同站在这上头。跟他们站在一起，感觉就像站在主席台上一样，心里一激动，手头半天没有动静。人家校长那边就不一样了——你不得不说，校长就是校长，一个校长的出水量，少说也抵得上两个老师三个学生。看到从我手上出发的水流，跟校长的汇合到一起，带着泡沫浩浩荡荡往前开进，那时候我心里头好自豪。看过校长的，再来看教导主任：老夫子说起话来轻言细语，写起字来纤笔细画，屙起尿来也一样，两根手指伸在那儿，像拎着一根揉皱的纸烟，拎在那里半天不见动静，有了动静也是轻言细语欲说还休。主任是主任，校长是校长！这也跟开会做报告一样，校长把话筒一拿就奔涌而出滔滔不绝。主任还能跟校长一样？主任跟校长一样，校长还能让他做主任？他才不会像你一样，大狗叫小狗也叫！校长上你也上，跟校长站成一排，一起把身上的东西往下丢，这只说明你不是个好家伙！

陈小琴是班上最好的学生。我不知道，在我成了最坏的学生之后，她干吗还要偷偷摸摸跟我交往。你可以说苍蝇戴着红帽子穿着绿袍子看起来很漂亮，也可以说鲜花喜欢长在牛屎上。可是在我看来，原因只能是当一个优秀生其实很累。优秀生其实心底里也在渴望做一回坏孩子，他们只是没有勇气这么做罢了。自己不能这样，就跟这样的人交往。就像当不了斯大林就只好喜欢胡髭和烟斗一样。

那天我蹲在围墙上。看到她走过来就吹了一声口哨，朝她招手。她大大方方停住脚步，问我叫她做什么。

"我倒是没事找你，是敬爱的班主任让我找你。"

她一听口气，便咯咯笑起来："敬爱的班主任叫我跟你一起爬围墙？——墙上芦苇！"

两个人一起笑起来。她说她要去一趟镇上。我说我也正好没事干。两个人一起往镇上去。她喜欢把长发往脑后梳过去，梳得光溜溜的，在脑后用一个夹子夹住，不让它们逃学似的逃开。我承认这样好看，就像一个优等生那样招人喜欢。可我喜欢把它弄乱，弄乱的头发别有一番滋味。我一弄她的头发，她就叫我坏东西，坏家伙。我喜欢听她这样叫。经过曲水河的时候，看到一块石头可以坐两个人，就停下坐了上去。她说这里一个人也没有，她害怕，想回去。我不高兴她说这些。一不高兴，我就懒得理她。一不理她，她就用胳膊碰我。碰了几下，我才跟她说话。

有一段时间，两个人谈得很热烈。我说，我们不回去了，什么上课下课，什么课间操，什么回家过年，统统到一边去吧！那我们到哪里去呢？到哪里去，找一个没有人的地方就行！我们不是人吗？除了我们两个人，就只有地和天。我们想做什么就做什么，喜欢咋样就咋样。渴了，就把河里的水喝光。饿了，就把河里的鱼捡起来，一口吃光。不，还得留下一些。留一些干什么？干什么，让它们生更多的小鱼呀！真是个坏家伙！不是我坏，是鱼坏，公鱼母鱼都坏。接下来呢？接下来就唱歌。还可以读书，很多很多的书。当然是我们喜欢的书，不喜欢的书一本也不要。还有——还有什么呢？还有游泳。河里的水不是喝光了吗？天不是可以落下更多更新鲜的雨水来吗……

后来又想到，光是一条小河，地方毕竟有限。顺着小河往下，是一条大河。大河再往下，是大海。两个人一致认为应该到茫茫大海中去找那么一个小岛。我想起在一本杂志上读来的一个故事：一个男人带上一个女人来到海岛上，用一条破短裤缝了一面旗子，往椰子树上一挂算是国旗。在一阵敲锅盖的声响和叽里呱啦的乱叫声中，他们宣布建立自己的国家。男人自任总统，还兼着国防部长。女人则是总理和外交部长。不知道像这样一个国家还要外交部长做什么，大概回娘家走亲戚就算是出国访问了。女人总归是女人，她们离不了这个。最有意思的是这个国家的国歌，就是潮涨潮落的声音，一天两次，由大海和天上的月亮来演奏。陈小琴听得入迷。这样的故事是课本和老师那里没有的。

天没黑的时候，两个人都在暗暗地等着天黑。

等天黑下来，我们不知道除了让它黑着，还能做些什么。许多不同于白天的声音冒出来。她说她害怕。天黑倒是让我们挨紧了许多。这时候，我才发现我没有自己想的那么坏。后来我常常后悔。我们就这样挨着坐在黑地里，然后回去。回去之后她继续做她的优等生，我却因此有了些改变。

　　我没等他们宣布把我开除，就离开了。我没让他们得逞。

　　一个优等生跟一个坏学生出去，过了晚自习才回来，这事把校长教导主任都惊动了。泥巴怎么能跟水在一起呢？泥巴跟水搅和到一起，水就成了浑水，解决的方法当然是清除泥巴。我知道，那些校长主任之类，少不了又要站在台上讲这讲那。他们好像从来没有想过：假如他们站在台上讲得正欢的时候，裤子突然掉下来，怎么办呢？跟他们上过厕所以后，我老是替他们担心。

我决定离开。我还不知道哪里是我要去的地方，我只知道无论如何得离开这地方。虽然这地方有爷爷有奶奶，还有阿珍姐，陈小琴就不去说了。在离开之前，我去了一趟红薯窖，把那面镜子从泥土中扒出来。镜子依旧清澈如水。在镜子里，我看到我自己既没有斯大林的胡髭，也没有烟斗，只有一些不成气候的绒毛，还有一只让人生厌的喉结——你只要往下吞咽点什么，它就会上下来回滚动。这让我不但对这个世界不满意，也不满意我自己。为了这，我也要走得远远的。在离开之前，先得把镜子安置好。原想把它带走，可哪有一个男人带着女人的镜子？女人的镜子归女人，男人带上他的拳头和棍子。

阿珍姐的窗户上蒙着一层塑料布。它现在拒绝镜子进去。原本待在窗子里面的镜子出去旅行一段时间之后，发现回不了自己的家。镜子好像早就料到这一招，早就尖利成一把刀一样。镜子捅开绷紧的塑料布，径直回到窗台上。在它捅开一层塑料的时候，由手及身，我也感觉到镜子的快意。风带着雪花试图从那里进去。风进去了，雪化成泪水一样在塑料外面流。

第二天，我早早起了床，怀揣着爷爷奶奶给我的几十块钱上路了。两个可怜的老人，他们还真的以为是学校组织外出参观呢！他们一点也不知道，赶在学校把我开除之前，我已经把学校给开除了。

天把所有的洁白落到地上来，天黑在那里，地上白花花一片。这些年，一直是路在牵引我的脚。爸爸妈妈的路，爷爷的路，老师的路。我沿着它一点一画往前走。路伸到哪里，我就走到哪里。一不小心，一脚走到格子外面，就被老师的红笔捉住拦腰斩断。一夜的雪把所有的路统统抹去。路跟着我的脚，我走到哪里，哪里就是路。雪地一五一十地记载着我走过的路。等到太阳出来，我的路就会流成小溪流进河里，最后它流到海里去……

我没有去打票，因为不知道该去哪里。我只知道要离开这里。我跟着一伙逃票的人一起混进月台。不管南去还是北往，只要有一列火车开过来，不管三七二十一，就把自己填进去。路是铁的，轮子是铁的，火车有着钢铁的行程。听任它把你带往某个地方。

　　车上有很多人。人们要么手里捏着火车票，要么将车票装进口袋，或坐或站或蹲，有的甚至躺在座位底下行李架上，等着火车将他们带往车票上的地址。我一早起来，在雪地里走了大半天，我需要一个坐的地方。穿过好几节车厢，有一处座位空在那里。一个三四十岁的男列车员，一屁股差不多占去两个人的座位，又将脚伸到对面——在对面座椅上，一只脚架在另一只脚上，像一挺重机枪，又像迫击炮。列车员有自己的单间，那里有他的座位。我走过去，试图在他的脚边搁下半只屁股。他把这看作对他的冒犯：干什么！我说你一个人干吗占几个位置？他说我工作累，需要休息——我想这样，你能咋样？

我朝那张猴子一样的脸看了看，这张脸的下面是一套铁路制服，上头还有一顶大盖帽。我不能把他怎么样。正是因为这身制服，旁边站着的人宁愿站着。我感到喉咙里有一样东西需要吐到他脸上。我用力往下咽。那只喉结在上下滚动的时候，偏偏发出了一点声音。他猴子一样跳起来，问我说什么。我只要说我没说什么，也许就没事。可是我不肯这样说。"妈的，你骂谁？"他一手叉住我的喉咙。我抓住他的手，他叉得更紧了。我不能不呼吸，可他好像就是不要我呼吸。爷爷教的铁牛破埂里有一招用来防身——我朝那身制服下边分岔的地方踢了一脚。他当下就抱住两条弯起的腿，在地上打滚。好一阵，才哎哟哟叫出来。

结果是我被警察用铐子铐住。因为我让一个猴子一样的男人再也没法好好做一个男人。这样，我搭乘的这趟火车把我送到一个意想不到的地方——劳教所。把我关进去的时候，他们发现，打学校里开始，我就是个坏孩子。

　　隔着一道铁栅栏，爷爷和父亲朝我望着，奶奶和妈妈在流泪。我的身后是一张门，门里面是一个高墙围成的大格子。门边站着一个穿制服的人。他在等着，等着把我喂进那张门。我不想像他们一样流泪，我若无其事。时间到了，我就像一只颜体字，走向那张门。

坏家伙

从办公楼出来，我趿拉着一双鞋。

第一次走进这幢楼，也趿拉着鞋。我是实在等得不耐烦了，才跑去找他们的。妈妈办了提前退休的手续，回到家里已经两个多月，我顶职的事，一问就是叫我们等着。那天红毛告诉我，市长到了劳动局，在开会。我对红毛和光头说：去弄只鸡来，我把它送到会场去。两个家伙一听就咕咕笑，一齐说好。只要是捣蛋的事，他们就开心。

那时候，劳动局在我眼里，就是一个嘀嘀咕咕的老头，加上一幢楼房。一年一十二个月，楼房也是一十二层。楼上的人搁椅子坐屁股的那块地板，到楼下就成了天空。那些楼房无非是这么回事。一些房间其实空在那里，给我一间，我们一家就可以住得足够宽敞。在守门老头眼里，我一定不是个好家伙。看着我趿拉着拖鞋拎着一只鸡，气势汹汹直往里面撞，他本想拦一拦，最后只是嘀咕了两句。十二层一个很大的会议室，一间小会议室。小会议室靠里面，一张大桌子围满了人。那样子，好像正在进行一顿丰盛的大餐。在他们眼里，我就像一粒突然闯进来的老鼠屎。桌子一端，那张大座椅上应该是市长。所有的眼睛都不怀好意，只有他朝我笑了笑。就像庙里的菩萨，中间那一尊慈眉善目，两旁的一个个凶神恶煞。我是蹲过号子的，我怕谁！那人问我什么事。我说：我妈妈办了提前退休，我顶职老顶不上去。听说要送东西，也不知道该往哪里送，买了一只鸡，就往这里来了。说罢，把鸡往那张大餐桌上一掼。母鸡受惊，格格叫起来。有一阵，所有人都坐在那里，听鸡说话。只差往本子上记。后来，鸡被拿到外面，换上市长说话，他们赶紧往本子上记。市长说，送东西是我不对。顶职的事，他会弄清楚的。如果是拖着不办，那就是他们不对。该办的，要本着对人民高度负责的精神，热心办认真办快点办，让人民群众满意。他一口气说出这么多，一板一眼，就像对着稿子念出来的。他要是到我们家那台电视机里面做主持，会比那一个好。

守门的老头一定觉得奇怪：拎着鸡进去，怎么又拎了回来？他嘴唇动了动，大概想问亲戚是不是在家。他没问，我也就没说。光头和红毛倒是问得多，我只说了一句：喝酒去！我们可不像他们，围着桌子坐了，光说话，不吃菜不喝酒。三个人差不多干掉两瓶酒。那只在市长面前说过话的鸡，被我们吃个精光。

过了两天，人家通知我到劳动局上班。这一回，守门的老头跟我说上话，他问我跟什么人是亲戚。我哈哈大笑，我说市长跟我是老表。

劳动局原来不需要劳动。不像劳教劳改，真的要劳动。不劳动却可以吃得很饱。正像爷爷后来说的，我偏偏吃不得饱饭。我趿拉着鞋子进去，最后又趿拉着鞋子从那里出来。

出门前，我朝着局长吼。他把眼睛睁得很大，他不相信。在这幢楼里，所有的脸都朝他笑。我在他左肩捶了一拳头，并不重。我只是要他相信，这是真的。他一边肩高一边肩低，愣在那里。我撇下他，出了门。让他慢慢去明白吧。等他明白这是真的，一定会恨得咬牙切齿，发誓不让我再进这张门。只是，我一点也不想再进这张门。就像从劳教所出来，就没想过要回去。

从劳教所出来，我也趿拉着一双鞋。那是一双黄胶鞋。里头穿的全是这种。里头有人盯着，出了铁门，没人再来管我怎么穿鞋，怎么扣衣，怎么叠被子，怎么走路，怎么说话。鞋后跟被我踩到脚底。趿拉着那双黄胶鞋，我想我得做点什么。绕着围墙往后走，估摸着里头就是我住了几年的地方。为了表达我的敬意，我掏出一样东西来。跟我一样，关在里头的这些日子，它也长得壮大无比，老想蹦出来干点什么。喝下去的水，现在都到了它那里。仿佛只要我把口哨一吹，它就会喷涌而出。可是不，它们停在门那里，就像在办手续。等到它猛地一下奔出，连上头的口哨都被扯了回去。

拉过尿，我趿拉着鞋子接着往前走。我喜欢拖鞋。在我看来，一双鞋子可恶的地方就在它的后跟。拔上后跟，感觉就像把脚关在里面。没有后跟，感觉爽多了！知道什么叫爽吗？踏一双拖鞋到街上晃一晃试试！出了劳教所，我以为从此我就可以趿拉着鞋子晃荡。可是我错了。

看起来，劳动局的大楼与劳教所似乎不是一回事：没有人用铁门把你关在里面，当然也不会有人背着枪看住你。而且，这里头不是你想进就可以进得了的。在这里，其实不用干太多的事，你可以吃得好，穿得好，到时说不定还有一套一室一厅之类的房子住。还可以受到好多人的尊敬，比方说妈妈那边居委会那个戴红袖章的老太太，以前一看到我就板起一张脸，自从我进了劳动局，总是早早地把脸上的皱纹弄成笑容。

可是我觉得，骨子里它跟劳教所，跟拔起后跟的鞋子一样，都是要把你装在里头，就像用袋子装一件东西。不同的地方在于：劳教所不让你出来，在这里你多半不想出来。劳教是有期限的，这里没有期限。劳教所不管三七二十一，把你关进里头算了。这边就好像在你的鼻子上牵了一根看不见的绳子。不用说，每天你得准时坐到某一层某一间屋子的某一个座位上。领导随时会出现。领导一来，跟教官来了一样。那边是弯一弯膝盖，将身子往下一蹲说一声报告教官。这边不兴女人撒尿似的往下一蹲，作兴的是朝他点头朝他哈腰朝他笑。还得看他脸色，拣好听的说给他听。那边开会，这边也开会。不同的是这边开得更多更长，有时上午开了下午接着开，甚至一直开到晚上。奇怪的是，好多人明明不喜欢开会，还要装出喜欢的样子，拿一支笔往本上是那样记。完了还说自己听了如何如何，今后要如何照着做。我听着背上都发酸，不知道说的人为什么不怕牙齿酸。可是没有，无论说的还是听的，都觉得很正常。以前还以为只有学校出操，劳教所出操，没想到这里也出操，不管科长还是主任棋子似的摆到一起，叫一声就摆一下手抬一下脚。喊一声腹背运动，就连腰带头一齐弯下去，白发黑发长发短发都不例外。接着往后仰，那些早就不再挺起的胸脯，也都挺在那里。余局长说他军人出身，喜欢整齐划一，看着舒服。为了让他老人家舒服，大家就统一着装，整齐划一给他看。

我算是明白了，一个的鞋后跟多半是他自己提上的。他们多半是心甘情愿待在劳动局的大楼里。小时候我们用篾片织笼子，在上头写上皇宫写上首都，把蝈蝈装在里头，还捉了蚊虫来喂它。可是没有一只蝈蝈愿意住在里头。因为它们不是家里养的鸡和鸭。鸡也有翅膀，鸭子还会游水，可是它们不会走得太远，它们要等着喂它的人拿饲料来给它们开餐。

一进劳动局我就觉得不爽，也让余局长觉得不爽。那天全局会餐，余局长一桌桌敬酒。张主任给我倒了一大杯。余局长望都没朝这边望，说了一声：把它干了！我甚至不知道，他是不是对我说。满桌子的眼睛都朝我望着，那样子好像不喝不行，喝慢了都不行。我牛劲上来了，突然就不想喝这杯酒。旁边的张主任骂了一句：这家伙，湖里捉来的野东西！他脖子一扬，手一举，咕隆咕隆把那杯酒喝了下去。

这以后，余局长再没有正眼看过我。叫他，他顶多在鼻子里哼一下。那天上厕所，我一头撞进去，里头是余局长。他不在这一层楼，可他在哪一层楼大便小便都可以。他正在下半截用力，转过头来，刚好跟我的脸相遇。我没话找话：余局长，上厕所啊！厕所里空间小，我的声音大了一点。我没听到他上面有什么声音，下头倒是稀稀拉拉有液体滴落的声音。我感到很没面子。我们拿着一样的东西，做着同样的事情。从落到地上的声音来看，我的来头比他大得多。他凭什么？我弄完了，他好像还没完。厕所里可以不要面子。我转身走人，从此碰破头，也不再叫他。

开大会的时候，余局长开始敲敲打打：有些人啦，也不想想自己是从哪里出来的，那样子，倒像是越南战场上下来的！他不点名，说到这里有意停了停，一阵附和的笑从台上开始，波及台下。在局里，我本来就水牛不合黄牛伴，这一来就更加孤立。偶尔有人跟我说几句话，突然看到有领导走过，话都没说完，赶紧溜走了。我窝着火，像一把倒立在门口的扫帚，单等一阵风来，打到什么就是什么。

这天上午，局里举行广播体操比赛，要求统一着装。我趿拉着一双拖鞋。在楼道里，余局长一看到，就朝我吼。我吼得比他还响，因为我屙尿就比他屙得响亮。我再也不想在这里待下去。发光的萤火虫，只要装进玻璃瓶，要不了多久，它们的屁股就会一片漆黑。

你想走就可以走，这大概是它跟劳教所不一样的地方。

办公楼不要了，我该去哪里呢？

爸爸妈妈那套一室一厅一厨一厕的房子，我是不想去了。他们自己在里面装了大半辈子，还要把我和弟弟一齐装进去。先是弟弟进城念书，他们把弟弟搁在卧室，自己睡客厅。我从劳教所出来，他们把卧室里的床换成双层。到睡觉的时候，我就爬到那张床的上头去睡觉。其他的时间，只要弟弟在家，那间房是他的。客厅有一台电视机，他们让我待在那里看电视。等着顶职的那段时间，我差不多天天看电视。可我不喜欢那两个播音员。他们老是一副真理的嘴脸，好像他们就是《真理报》《基督箴言报》。有时他们也会做出笑的模样，一看就知道应该是形势大好之类。真想一个人给他们一拳，看他们会不会哭。你跟他吵架，你揍他，可他只是一台电视。电视机打烂了，里头的人一点也不疼。好在还有《动物世界》可以看一看。除此之外，就只有抽烟，把烟像火箭一样从口嘴里发射出去。偶尔出去一下，先是妈妈唠唠叨叨，接着爸爸朝我吼，还想过来动手。他大概忘了，该他揍的时候，我正在号子里练习揍人。进去的头一天，我就把蒙在身上的被子，连同骑在上头的人一齐掀翻。一番拳脚之后，朝尿桶里吹泡泡的并不是我。还好，看到两只枪弹一样的眼球，还有我水桶一样的腰身，他明白他已经错过揍我的时候。爷爷揍给他的，他只能留着。

爸爸妈妈住地附近有一个火车站，候车室一样的有电视。你看到里面在动，在说话，听不到在说什么。听不到说什么，就不会生气。除了电视，还有人，尤其是女人。火车站总会有很多女人，从四面八方赶到这赶时里，披着头发，耸着胸，有时也会弓起屁股。她们不会跟你谈真理，不会装模作样。她们只是给你看一阵，然后各奔东西。旧的走了，新的又来了。在其他地方，你看到的要么是老师是教官，要么是这个长那个主任，是父亲母亲，是衣服是帽子和椅子。在这里，是实实在在活生生的人。即便二流子，也是真的。

我就是在这里认识光头和红毛的。我坐在那里，有两个人过来，说座位是他们的。换一处地方，座位还是他们的。他们的意思，我要么走人，要么交上座位钱。我没动，也不打算给钱。光头先飞过来一脚。我捉住脚，一个顺手牵羊，他的上半身重重摔在地板上。还好，他翘着头，光头没有摔着。另一个扬着一头火红的头发扑过来。我身子一偏，使了个绊马脚，他摔了个鲤鱼打挺。我依旧坐在那里。光头和红毛一边一个，在地上呻吟。一个警察过来问怎么回事，两个人都说自己摔的。从地上爬起来之后，他们请我去喝酒。

想一想，这个世界上有多少座房子？我也不知道为什么，我去过的那些房子，差不多都是要把你装在里面，限制你，管着你，叫你这样，叫你那样。学校是这样，劳教所不用说是这样，办公楼是这样，爸爸妈妈的房子也是这样。这些房子我一所也信不了，它们不属于我。候车厅似乎要好一些。它不属于任何人，任何人都可以在这里进出。它四通八达。不像其他房子，活生生就是一只袋子，只要把你往里面装。假如没什么地方可去，跟光头红毛他们待在这里比那些地方要好。

可是我已经想好了，到湖边跟老马头跟正湘老爹他们放牛去。跟牛住在一起，大概比跟人住在一起要好。就像在爸爸妈妈那里看电视，看《动物世界》，比看人要好。

路边有一些树。站在水泥地里，它们双双对对挥动枝头的叶子，在风中乱走。它们用的，大概也是一对拖板。有时一棵树上住着几种风，一些拖着鞋子往这边跑，一些趿拉着往那边跑。一些来到地上的叶子，本来是要到地上来乱跑的。一辆垃圾车把它们装走了。不管装到哪里，反正那不是它们要去的地方。

不知不觉到了城郊。一些菜苗在风中抖动，它们在做操吗？好多人其实就像这地里的菜秧子，战战兢兢一辈子，最终还是让人给做成菜端到餐桌上。

走过菜地，又是庄稼地。我走，脚每抬一下，鞋底就会反过来拍打在脚板上——叭，叭。一路走下去，鞋子就在我的脚下欢呼，就像鼓掌一样。大概这就是他们说的反动。

十里坡像个娘们，展开腰身躺在那里。一堆稻草，正好堆在胸脯的位置。天阴着，阳光好像全都到了胸脯上。晚稻收割已经有过一段时间，别的稻草都去了牛栏，去了柴草间，这一堆像是专门给我留的。从劳动局出来，走着走着就到了郊区。接着是一辆拖拉机，刚好往这边开。从拖拉机上跳下来，就有一个草垛在这里等着。

劳动局当然不会有草垛。档案室里，写过和打印过的纸倒是码成墙样。在劳教所，一边是等着做袋子的塑料布，一边是做好的袋子，堆成草垛一样。可它们不是草垛，水泥屋顶也不是天空。一只大灯泡倒是挂在那里把自己当太阳。教育改造似乎就是没完没了地做袋子，要不就做操。好像袋子做完了，人就改造好了。可是袋子永远也做不完。因为外头人们拼命地往袋子里装东西，也不知都装些什么，装到哪里去。

好久不见，我决定在这里停一停。

两只鞋子先飞上去。它们躺在草垛上，像一对夫妻。人不如鞋子，他只能独自躺着。用一堆稻草把你托起，上面和四周只有天空，这事儿真好。

风吹着云，一会儿晴一会儿阴。一朵云停在我身上，就成了睡眠。好像做过一阵梦。梦里打着一顶蘑菇。在一阵雨声中醒来，却不见淋湿。醒过来才知道，风吹到稻草上，就成了雨声。那一顶蘑菇就举在我的裤子那里。还有一阵阵雨声，不知道来自哪里。我抬了抬身子，两只拖鞋睡得正香。草堆下面，一个人正将一只屁股朝这边弓起。雨声来自屁股的那一头。

一个女人的屁股。阿珍姐的屁股！

我差点叫出声来。突然间就觉得，我逃学我偷东西我蹲号子我打架我从所有那些用墙砌着的地方跑出来，不就是因为这样一只屁股！以前我还不大知道，以为是门是锁，是头发和梳子，是衣柜和裤子，是很多别的东西。现在才知道，是屁股。我躺在草垛上，朝天空打着一朵蘑菇，为的就是这个。此刻，她就弓在那里。我饿虎扑食一般，奔向草垛下面。

她一定吓坏了。我是从屁股后面突然箍住她

的。她簸绿豆，畚箕里的绿豆水一样泼了出去。那一声号叫像野兽。她身上散发着母兽般的气息。她像狼一样，在我手上乱咬。从我手上奔出去的一瞬间，我抓住她的裤腰。哗的一声，整整一只屁股，连同它的中间线，全部摆在我面前。白花花的屁股，比溜出云层的太阳还耀眼。我想都没想，用那只捶过余局长的拳，在上面捶了一坨。她扑倒在地，大哭："你是人还是鬼呀？呜呜呜。哪来的乌风野鬼，呜呜呜……"

她一哭我就身子发酥，连骨头都酥酥的，只有一处地方铁硬铁硬。在号子里，不止一次听那个通奸犯说过：女人一哭，身子就软成了水。两只手一捧，就可以捧起来。我试着把她捧起，她哭得更响。一摊汹涌的水，滚烫的水。放到稻草上以后，我就没了下文。接下来的事情，通奸犯没有说。闹腾半天，才知道，事情是在屁股隔壁。

我半倚在草垛上抽烟的时候，她起身说她得先回去。这是她第一次拿眼睛望我。她的眼里像蒙着一层什么，仿佛那渐起的暮色也来到她的眼睛里。她把绿豆拢进畚箕，用稻草罩住，她沿着十里坡往上走，她登上卧牛冈，一路全是那只弓起的臀。

这事儿怪不得我。晚稻收过这么久，你昭林一身的牛劲，不把稻草运回去，偏偏堆在我来的路上。我一觉醒来，偏偏又有一只屁股弓在草垛下面。我在一处地方凸起，她又恰好在那里陷落。天上的老爷子早就把一切都安排好了，要怪只能怪他老人家。

在地里挖了两只红薯。用稻草擦干，吃下去之后，我又爬到草垛上，和两只鞋子躺了一会儿。天黑下来，风吹动十里坡的草和庄稼，吹出一片汪洋。稻草垛就像汪洋中的一条船。拂动的草屑告诉我，船正在往前开。黑暗中，也不知道它到了哪里。我不管它到了哪里，要去就去一个没有太多墙壁与房间的地方，没有教官，没有局长和科长。家也可以不要。要就要上草垛和船，再加上一点别的，比方说一簸箕绿豆，一群牛。

登上卧牛冈，我小时候的村子就在面前：几堆比夜色更浓的东西，矮小得甚至不及一个草垛。印象中的村子大多了。最东边那一堆是爷爷奶奶的老屋，接着是阿珍是山麻雀，还有建大伯和阿宝。一条路一如既往通到那里。路尽头，就像一只手分成五个手指头，每个指头都指向一张门。每一张门里都关着自家的灯火。

狗叫声好像是从阿珍的门口开始的，不知它是代表阿珍，还是昭林。爷爷的那条狗作势要叫一通的，等我敲门时，又朝我摇起尾巴。自东往西，各家的狗跟着停了下来。两个老的一定去了后面的猪栏，奶奶大概在跟猪说话。一村子的夜色，跟着敲门声一起在响。一旁有一张门裂开一条缝，好像在说：我没有从外面锁着，也没有从里面闩上。

奶奶一路念叨着来开门。门开了，她却张着嘴停在那里。爷爷取下嘴头的喇叭烟，说了一句：回来啦！仿佛等的就是这句话，她接过这句话就嚷开了：天啊，我的小祖宗，你怎么这时候回来啦？想爷爷奶奶啦！你妈倒是会想，两个儿子大一点，就全弄到身边去了！我的儿子她要，她的儿子她也要。现在倒好，我儿子没来，她儿子来了。来了好，来了就吃荷包蛋下面。饿坏了吧？

　　她连着往下说。我没想回答，她也没让我回答。直到爷爷在背后说：死老婆子，还不去下面呀！

　　到厨房，拿面条她问半包够不够。往锅里倒水，她问水是不是多了。她一个人分成两个，一个问一个答：不多，应该不多。连划几根火柴之后，她说这些火柴全是骗子，光冒烟不生火。就像你爷爷，鼻子嘴巴就知道冒烟。

　　奶奶说了很多，有两句话，让我在床上翻来覆去：昭林不是好家伙，在家待得好好的，要跑去偷牛。自己关进去不说，连累了阿珍这孩子。

我老想着那些门：裂开一条缝的门。上锁的门，没上锁的门。一张吱吱呀呀的门。竹竿挑开的门。看样子，在跟牛住到一起之前，先得跟一个人住上一住。这个人跟其他那些人不同，她不但在屁股上，也在胸脯上。

猪栏里的门，还像几年前一样吱吱呀呀。我已经不是以前的我。甚至不是从余局长那里出来时的我。我懒得理会一张门在说什么。拖鞋的欢呼，比白天来得响亮。踩下去时，我听到它和阴沟里潮软的泥土一起在呻吟。黑暗像蓑衣，浓浓地从屋檐上披挂下来。在一张门那里，夜色像一潭积得很深的水。像一个摸鲫鱼的人，我伸过手去，门开了。门里不只是黑暗。门里的东西比黑暗实在，也比它柔软。

第二天，一切还是头天一样。推门，门不动。门从里面闩着。敲门，门后面只有空寂和黑暗。绕到前面，那张开过一条缝的门，现在挂着一把锁。我在门上打了一拳。一张门响遍一个村子。门边的狗垂着尾巴溜走了。山麻雀家那边的狗叫了几声。

　　进猪栏门的时候，闻到一股旱烟味。在重浊的猪圈气味中，有些像电闪。打开通往厨屋的门，一支烟头醒在那里。爷爷在抽烟。爷爷总是这样，仿佛生活就是一张旧报纸，卷上烟叶之后，把它烧掉，不用多说什么。他把一句话和一口烟一齐吐出：你小子，人家偷牛，你偷人家老婆。我没说什么，抠了一根纸烟，在一旁抽着。

　　爷爷说：你吃不得饱饭，那就只有去放牛了。其实，在号子里的时候，我就想过，出来去湖边放牛。如果警察不来，我大概一直在那里放牛。

　　大牛庄的牛，除了农忙时各家归各家，平时都集中到湖边，由正湘老爹放牧。正湘老爹越来越老。昭林背着他把牛偷去杀了卖肉，被公安逮去，供了三头，还有一头牛不知哪去了。正湘老爹一下病倒了。大牛庄一直没找到放牛的，仿佛就等着我回来。老天爷大概知道，我天生是放牛的料。

　　赶牛去湖里的那个早上，爷爷把樟木墩的老马头请了过来。喝过早酒，两人一起赶牛上路。在爷爷奶奶背后，我总感到一扇窗户里面有点什么。回头一看，只看到窗户。路上，除了吃奶的小牛犊，嘴上都戴着一只篾笼子。可是一遇到红薯藤什么的，一些屌子半屌子，总忍不住要停下来嗅上一把，掉几串口水。老马头扛着一根竹竿，竹竿一端有一把小铁铲。他随便铲上一勺土一扔，土块落到牛屁股上。牛身子一紧，赶紧往前跑。我试了两下，不行。用手扔，倒是十有八九能瞄中。可他百发百中。他也趿拉着一双鞋。一双旧胶鞋。除了泥土，看不出什么颜色。鞋后跟早已被踩进鞋底，仿佛一开始它们就是一双拖鞋。他说，要是那些娘们只要扔一勺土就成，我就比朱元璋还多。朱元璋放牛的，知道不？放着城里的粮本本不吃，要回来做朱元璋。依我看哪，你生成是做朱元璋的料。你爷爷就放牛出身。湖里边抢地盘那阵，他跟人家短手动过，长手也动过。他没传给你爸，隔着传到你身上来了。谁说放牛不好？除了脸上不好看，什么都好！放牛的人要脸做什么，脸皮能当抹布使？有一只鸡巴就够了！想到那扇窗户那张上锁的门，我说，要只鸡巴有卵用！他把两只酒眼睛睁得大大的：没用？谁说有用！湖边边上到处是人家，男人去锄他们的红薯，锄他们的棉花去了，女人在屋檐子下面等着你去锄呢！你嫩鸡仔一个，她们吃了连骨头都不想吐。还有水里边打鱼的娘们，胯里也像湖里一样，不得水干。你想想，你想想，你一只鸡巴，忙都忙不过来耶。他说得我身子底下有些来劲，走路的障碍集中到裤子那里。这当然逃不过那老东西的眼睛，他放开沙哑的喉咙大笑，一边笑一边咳嗽。

我喜欢放牛。放牛就是在太阳升到牛栏高的时候，把牛放到湖滩上去。傍晚把它们收回来，关进牛栏里。上头除了一块天空，再没别的。天空下面，湖足够宽大。湖滩上有草，牛在吃草。你可以朝着天上吹口哨，躺在草地上看云，要不就下水摸鲫鱼。

到了归栏的时候，有几头牛不肯回去。一头半屌子被老马头截住，一头屌子带着另一头半屌子下到水里，朝那边的湖洲游去。老马头说：坏就坏在屁股后头那两坨，早就该骟掉了！

我一路追赶泅水泅到洲子边。远远看到一个摇船的女人，一俯一仰的，衬着傍晚的红云让人心动。真想抛一坨泥巴到她的屁股上。可是，我只能把泥巴往牛那里抛。哪天再过来走走！两头牛被我赶着往回游。老马头在湖滩上接应。把牛关进牛栏之后，我对那头屌子点了点头：算你是条好汉！可我不是余局长，我是秦始皇，我是土匪流氓朱元璋。吃过晚饭，抽掉两棵烟，我把屌子牵到一根树杈上。牛头从上头伸过来，树杈正好卡在脖子那里。接下来是打牛。我把劳教所练来的功夫，把在余局长身上不曾用过的劲，把在一张关着的门那里憋下的气，全都用到牛身上。打得那件牛皮波浪滚滚，一直涌过树杈，在那一头重重地喘息。我就这样把它收服。

这以后，每天就是吹口哨，摸鱼捞虾，或者仰面朝天往沙滩草地上一倒。躺着躺着，就有一根东西朝天举起。天上的云太高，它够不着。我不时朝来的路上张望，希望从那里看到点什么。

我是在摸到一条鲫鱼之后无意看到的：湖岸的山包上走下来两个人，一个戴帽子，一个没戴。

来的两个人，戴帽子的是警察，另一个是村支书。他们到这里来做什么，调查偷牛的事？我没什么好说的，我继续摸我的鱼。摸完鱼还得去捡木头，那些被浪打上来的木头。可那个穿制服的人叫我跟他走。我干吗跟他走？摸鱼也犯法？我看看他。他有意无意往腰里摸了摸，好像在告诉我：他腰里有一把东西。光是那套制服，他还觉得不够。村支书在一旁笑着，望望他又望望我：走就走吧，不就走一趟么！电影里的维持会长就是这样。

我把牛脚眼里的两条鲫鱼丢回水洼。它们自由了，尾巴摆出一股浑浊，不见了。我洗去脚上的泥，穿上拖鞋。村支书一人递上一根烟。抽上烟，气氛和缓了一些。

警察熟练地将烟叼在嘴角，眯缝着一只眼，瞄准似的望着我：劳动局那边，同人家局长吵什么？

他娘的，原来是这个！又不是竹扎的纸糊的，肩头拍一下，还好意思弄到公安那里去。为什么吵？一个把尿屙得很响的人，怎么会怕一个连尿都稀稀拉拉屙不出来的人？局长又怎么啦，他朝我吼，我得把它吼回去！我不想跟一个叼着烟的警察说这些，只是在鼻子里笑了一声。他说：你笑什么？你跟人家吵，人家当局长的扛不住，气出心脏病来。住了一阵院，半夜里突然发作，走了。人家家属把你给告了。要不，我才懒得跑这一趟呢。

我一愣。警察催我走。村支书走前头，我在中间，警察断后。等在前头的，好像又是墙壁和黄胶鞋。我朝湖洲那边望了望。我不想走。一个到了湖边的人，再也不想在头顶加上水泥板，周围围上墙。踏惯拖鞋的人，不想再把脚关进鞋子里。可后面那个人身上有一套制服，还有一把枪。我不能像对付列车员一样对付他。

三个人朝湖岸走去。离湖岸不远就是公路，车就停在那里。没什么可以阻止我们往那里去。牛不是问题，警察让支书想办法。我要去牛栏那边取点东西，警察不让：到了那边，叫家里送。

湖岸边有一段土崖，路在那里是一步一嶝斜上去的。后面那家伙保持着距离，不让你一脚把他蹬下去。他不怕我跑，枪弹可以追上我。手可以够到崖顶的时候，我把一只土墩蹬了下去。土块散落的时候，我看到扬起的大盖帽下面掠过一丝笑。我上去了，和支书在上面等他。少了一个墩，他得用手攀住崖顶爬上来。就在他用手攀住的时候，我跺了一脚。拖鞋底有些软，我注意多用了一点力。他哎哟一声，扬起那只手，刚才叼烟的嘴角好像在哆嗦。我没时间多看，在另一只手上又跺了一脚。他滚下去，滚成一叠惊叫，声音越来越远。我转过身，村支书以为我要揍他，半举着手，连声说他和我爸是朋友，朋友。我没时间理他。枪弹追上来之前，我得赶紧跑。

杉树的叶片万箭齐发似的，好像正向我射来。接着就像挥舞的剑。等到冲过去，就知道那不过是叶子，只是稍稍硬扎一些的叶子。出杉树林之后，是一个抽水的机埠。水泵房下面，有一条通往湖中的引水隧道。快出隧道时，一具白森森的牛骨拦住出路。皮和肉没有了，从头到脚，骨头依旧完整地站立在这里。骨头下面，一带青草从湖中铺过来。看来，这头牛既不能怪昭林，也不能怪正湘老爹。是它自己吃草一路吃进来，没法进没法退，就这样站成一具骨架。用手一碰，牛骨轰的一声逃散。

拖泥带水爬上湖洲，风也跟着上了岸。风一上岸，就在遍地青帆草上跑开了。青帆草接过湖中的波浪滚滚向前，草叶子背面带些白色，翻动时就像掀起的浪花。

水沿着身子往下流，风一摸就摸到水留下的寒凉。两只拖鞋留在湖岸上，大概是在杉树林里。我打着赤脚，蹚着湖草往前走。前面是芦苇，齐刷刷地举着白花。阳光在那些白花上面晃来晃去，直晃得你眼花。和风和草浪一起往前走。听老马头说，湖洲中央有一块高地，有树和石头，那是我爷爷他们住过的地方。

密匝匝的芦苇，连风都挤不进来。风只是在上头，在芦花那里颠来倒去，顺带把下面的秆子牵动。叶子跟着一阵阵厮磨，厮磨出一片汪洋。我只能用手分开芦苇，用脚把它们踩向两边，开出一条缝隙往前走。天空像一条狭长的巷道，阳光从那里倾倒下来。不久衣服就干了，身上开始冒汗。

就这样手脚并用，没完没了地往前走。不知道要走到什么时候，也不知那个高地在哪里。停下来息一会儿，还得接着走。光赤的脚，开始怀念鞋子，假如有一双老马头那样的破胶鞋，该有多好。

一片苇塘一下把天空张得很开。几只"昧鸭子"浮在水面，浮着浮着就不见了。有一只突然扇起翅膀划过水面，犁出一条水沟。水里头有鱼。今夜的生活就在这里了。我把手伸进那只贴胸的口袋，塑料包还在。得感谢老马头。他说，一个放牛人，两样东西你得随身带着：火和盐。还有什么？手脚总在身上吧？嘴巴你带着吧？鸡巴你不会丢掉吧？还要什么呢？就这两样东西，用塑料纸包着，包得紧紧的！有了它到哪里都不怕。现在，就这两样东西，再加上一片苇塘。

没有网，用手摸了几条鱼。捡来一些竹片和木头，烤熟了就是晚餐。没有刀，没法砍芦苇搭棚子。只能在芦苇中间踩出一块空地，再在两边各拢上一些芦苇，将它们梢对梢弯到一起，用藤缠住，形成一道拱。将旁边的芦苇弯到拱底下，就算是一个芦苇棚。捡到几只蛇皮袋，劳教所做的那种。我将它们铺在潮湿的泥地上，再铺上一层芦苇的花叶，这就是我今天晚上的床。夜里湿气重，我捡了足够的木柴，烧着火。睡到夜半醒来，打了一个寒战。寒冷的露气从上头直往下灌，身上头发上全是露水。赶紧添柴，火一升起来，露气退走了。有大雁从棚子上面飞过，可以清楚听到翅膀扇动气流的声音。这时候，爷爷奶奶爸爸妈妈他们是否醒着？在牛栏那儿，爷爷奶奶的老屋那里，还有城里那套房子，说不定还有人等在那里，等着把我关进去。好像我是一只家养的鸡，扎翅膀飞了，到晚上还会回去。让他们等吧。

往后的日子将在湖洲上展开，有一些东西不能没有：两床棉被，一床铺芦苇上，做垫被，一床盖在身上。一间屋子，能避风雨。一把刀，可以用来破鱼，也可以砍芦苇。一只锅，可以烧饭做菜。盐太少，还要一些盐。还要一些米，再好还有一点肉。还要一双鞋。还有身子下面那根东西，它也需要一处落脚的地方。

第三天，我找到了那块高地。

我决定杀一头牛。

在这之前，我摸了不少鱼，有鲫鱼鲤鱼，还有一些鲇鱼。我打算用这些鱼开路，到南边的水上村庄去一趟。湖水在那里弯进洲子，形成一个湖汊，十几条座船就泊在里面。走到这里，花了半天时间。我站在水边朝那些座船喊：有人吗？几条船上有人从舱里伸出脑袋伸出上半身。一个女人来到船头上，嘻嘻哈哈朝我笑："干吗这么凶？要揍人啊！"我说换盐。她有些奇怪："换盐？到这里换盐？拿什么换？"我扬了扬手里的鱼。她放开喉咙笑："他用鱼来换盐，哈哈哈哈。"旁边座船上一个年纪稍大的女人笑着说："用肉跟她换！她只要肉，不要鱼。"她转向邻船的女人，依旧笑着："换你老公的肉！"那边回答说："我老公太老，丢到水里，嗅都没人嗅……还不把船放过去！"

一只划子就系在座船旁边，她用竹篙推送过来。我带了一脚烂泥踩到划子上。划子晃晃摇摇，很兴奋的样子。

"你这个人，好像芦苇里钻出来的野东西，拖了一脚泥就往船上来。"

"踩到船上来算什么，要踩就踩到床上去！"

"让他踩到你的床上去？"

"我男人就知道灶门口转，收了网就回来啦。你男人有出息，卖鱼卖到草尾卖到汉口。怕只怕卖鱼的钱和身上的肉都在那里送人了。还是这泥巴脚做得数！"

那边笑着说，这边也笑着听，我当然不羞不恼，听他们去说。我看了看眼前的女人，她也在看我。她比阿珍黑，但不难看。她的眼子闪着光。

我一步一个脚印往前走。进船舱时，一只泥巴脚擦到她的裤脚上。她赶过来，在我腿上拧了一把。接下来的事情就怪不得我了。

她给了我一些盐。她没要我的鱼，还送给我一条晒干的瓦子鱼。我问她借了一把长柄斧头，把这些东西翘在背后。动身的时候，她对我说：再来你就看看舱门口，挂了衣服你就上船来。

邻船的女人在我背后咕咕笑：三妹子呀，这么快就放他走？喂，你呢，拿了人家东西转身就走？我头也没回：下次送肉来！

我已经想好。冬天在一步步往深里走，要在这里活下去，有好多事情要做。最紧要的，先得杀一头牛。

我打了一些鲜嫩的草，又往上头撒了一把尿。尿里头有盐，它吃得咂咂有声。它一边吃，一边朝我望，好像在问这是为什么。我不想看它的眼睛，不想看它的尾巴左一下右一下甩来甩去很开心的样子，尤其不想看它为抖落牛虻在皮肤上抖起一阵阵波浪。我望定两只牛角中间，那里有一些毛长成涡状。我想起三妹子朝我仰开的时候。我扬起斧头，斧头口越过后脑在它快要够到我的后背时猛地回转，一道弧线，斧头砸在牛头上。一声闷响。牛身一震，圆瞪着眼睛没动。我觉得奇怪，甚至惊骇：怎么会这样？突然它前腿一弯，跪了下去。牛脖子伸得直直的，牛头沉重地搁在地上。仿佛这时候，那一斧头的重量才来到它头上，再从那里传往后半身。后腿架不住了，往两边摇了摇，最终朝一边倒去。它倒向一边时，把脖子拧向另一边。牛头还是原来的样子，瞪着眼，出着粗气。我用斧刃割开它的脖子。拴着牛绌的鼻子那里现在没了声音，声音来到脖子上。血好像憋在那里憋得太久，终于找到一道口子汩汩滔滔欢快地往外流。潮湿的湖泥地上，血流的脚步很快，一会儿工夫就流成一条河。一条河又分作几条，流到后来就成了湖。

我不想碰到它，碰上的偏偏是它。我来到洲子边上的时候，它正在吃草。它喜欢跑到这来。这一次，就它一个。我没有其他选择。它一看到我就抬起头望着我，连吃到嘴里的草都停在那里。风在草地荡起的波浪，好像也来到它的皮肤上。我打过它，记忆还留在那里。它怵着我。我只招了一下手，它就走了过来。牛绌挽在牛角上，我把它解下，牵着往洲子里面走。

我气死了余局长，我打过警察打了列车员，我偷过人家老婆，我蹲过号子，没觉得我是坏家伙。杀了这头牛，我觉得我就成了坏家伙。可是我必须杀了它。杀了它，这个冬天我就可以在这里活下去。

一头牛让我忙了两天。剥下那张牛皮所花的时间，相当于从这里走到那边的水上村庄。花了一点时间才弄清楚，牛皮和牛肉之间有一层白色的东西。找到它后，刀子游走起来就轻松多了。两条后腿之间吊着一只皮袋子，里头两坨光溜溜软中带弹性的肉，让人心生敬畏。就是这两坨东西让它精气十足，东颠西跑，不肯安分。人也是一样。要是他们以为把一个人关进墙里，就可以把他改造了，那就错了。除非把他像一头牛那样阉了。去势的牛，连小孩都可以牵着。古时候的皇帝就是这么干的。晚上，那两坨东西成了我的晚餐。老马头说，吃什么补什么。

牛皮剥下来之后，我将它摸上盐，晾晒在一根竹篙上。它再也不会因为什么抖出阵阵波浪。剩下来的肉，我把它砍成一块一块，在上面划出一条条缝，好让盐渗入。牛肉腌好以后，用烟熏过，就成了腊肉。

高地上有一小片林子，多半是柳树。还有几棵灯笼树，开花时下垂的枝条提着一串串花朵，像灯笼。灯笼树很大。树下散落着砖头和石块。它们先前应该是一幢大得多的屋子。我只用它们砌了一间小屋：除了一孔柴灶，就是床铺。床和柴灶之间，用半截墙隔了隔。床铺是两端砌进墙里头的一排树木。和屋顶做檩子的木头一样，它们都是波浪带到这里的。这是我自己的屋子。有了它，就像这些灯笼树一样，我就在这里扎下根来。现在，这间屋子只差盖在顶上的东西。能有一块白铁皮，比什么都好。三妹子她们的船舱顶上，钉的就是这个。

我扛着一条熏干的牛腿去找三妹子。牛蹄在前头挑开芦苇，芦苇秆子从肩头滑过去之后，喜欢在牛腿那里扫上几扫。一只灰黑色带些白毛的水禽，扇动两翅停在上头，尖声叫着。大概它的家就在附近。水边一只白鹭单脚站立，空出来那一只它无论如何也不能扛到肩上。出水的湖泥巴已经由黑变白，把开裂的曲线传遍。我捡到两只鞋，它们显然来自两个不同的人，甚至来自不同的地方。现在，它们就像一对临时组合的夫妻，趿拉着一起往前走，把不同的条纹印在泥地上。

到三妹子的船边时，天已经黑下来。借着水光，可以看到舱门口一件白东西，旗子一样在飞，我吹了两声口哨，女人像猫一样跳出舱，那只小划子被她点着竹篙推过来。小划子急急地往前，被它牵起的涟漪，像一件随手脱下的连衣裙。到舱门口才知道，挂在那里的是一条花短裤。

这次不像上次。上次就像一条浮在水上肿大了肚子的鱼，才拨弄几下就穿了泡，剩下一摊水。这次像一根牛腿骨。我一下一下推过去，把她连同她的座船一起掀动。座船一动，旁边的小划子跟着摇个没完。波浪打这里传送出去，整个村子跟着在晃荡。睡到半夜，起来往湖中撒过一把尿。凉凉的雾气正在将周围的一切慢慢涂去。涂掉一切多余的东西，世界只剩我和一条船，船里躺着一个女人。尿流落进水面的时候，水面把那条湿热的气流折射回来。我从那里闻到牛肉的气味。光是屙尿不够，我们又把船摇动了一回。

第二天醒来，雾正浓。有摇船划桨的声音，沿着水面传过来，听起来有些远。波浪失去了节奏，胡乱吻着船底，有时吻得很响。厨房里有刀切在砧板上的声音，锅铲擦着铁锅的声音。很近，就在头顶，隔一层木板。有一阵，真想这船舱就是我那小屋。有人在什么地方喊叫，声音隔着密匝匝的雾，分不清东西。邻船一阵响动，一个女人在尖声尖气回应。喊一句，应一声。摸黑去取网的男人，回来找不到家，喊着回家的路。女人一边应着，一边跟三妹子说话："三妹子，你说怪不怪？昨夜间浪是个样游，游得船底叭叭响，就是冇看到风！——在这里！天黑游一次，快天光又游了一次。——在这里！我是说没有风，有风哪来这么大雾？——在这里啊！鬼东西，找不到家就别回来。你不回来我还好过些！"

三妹子在厨屋里笑。过了一会儿，她在我头顶敲了敲："喂，那条牛腿在哪里？""你是说哪条？"她一笑："就你那条！""干什么？""切一坨塞住外面那张嘴。""先把你个张嘴塞住，免得哼哼唧唧跟推土车子一样。"她敲了两下木板，大概在笑。

从三妹子那里回来，我的屋子有了屋顶。在屋里那些树木上铺一层芦苇叶，摊开棉被，就成了床。躺在上面，头顶着东墙，脚一伸，大脚趾就到了那堵间墙。屁股撅向北墙，眼睛穿过南墙的小窗洞，可以看到芦苇颠来倒去抖着雪花，一直抖到天边。风可以来，雨雪可以来，科长局长不能来。

三妹子邻船的那个娘们来过，带着面粉和盐。她拍着我的床铺，垫在下面的芦苇叶和棉被把她的手弹起来。她说：睡在这上面可舒服啦！我知道她的意思，我没说什么，给了她一块牛肉。三妹子来过。她说，过年了，她得上岸去。那里有她的孩子和父母。

树一直守在这里。芦苇老跟着风在跑，可它们怎么也跑不出自己的根。落到树上的雪，落到芦苇上的雪，最终都来到地上。地上的雪越积越厚。脚一踩上去，雪就在下面呻吟。像女人一样呻吟。

一湖洲的雪慢慢地化作水，流走了。走了就走了。不知道什么时候，它们又悄悄从四周爬了上来。新生的芦苇拼命往上长，它们不能让水淹没，它们得从水中露出头来。水越涨越高。三妹子的水上村庄越浮越远，一直浮到机埠那边的山旮旯里去了。留在高地上的树林子，成了一座孤岛。各种各样的东西被波浪推送上来，在北面和西面堆成一道堤坝。有木头芦苇渣缸子桶子罐子破鞋子，更多的是塑料袋，大大小小的塑料袋。塑料袋真是一件奇怪的东西。将一块长方形塑料布一对折，两侧一缝，就可以往里头装东西。装满东西的袋子挺着肚子，倒也像个局长科长之类的人物。瞧它把袋口一收，装在里头的东西一件也休想逃走。东西装完了，人们随手将袋子一丢。木头到哪里都是木头，残碎的芦苇渣也还是芦苇，袋子一旦被丢弃就什么都不是。我试着从中捡了一些，说不定哪天还有些别的用处。

那天睡到半夜，总觉得有一种凉凉的东西溜进了房。坐起穿鞋，鞋不在。脚尖探到一股凉凉的东西，是水。天亮以后才知道，鞋子浮到了床底下。

我四处收集木头，在灯笼树上搭了一个窝棚。棚顶就是把那些塑料袋，一块块拼接起来。树干从棚子中间穿过，把棚内分成两部分：一半是床，一半是厨房，把床铺平费了不少劲，砍掉翘起的树枝，排上好几根木材，把那张牛皮摊开之后，总算可以铺芦苇叶和棉被了。树上烧火是个难点。我将一只捡来的铁皮桶填了些泥土，把肚子上的裂缝撬开做灶门，在桶沿弄出两道口子透气冒烟，火就在锅底下燃烧起来。

做饭的地方总会有一些食物残渣和汤水。水面浮着一层油花。鱼虾跑到这里来觅食，将沉在下面的筐子往上一提，随时可以捞上来一些。捞上来的鱼虾在炉子上头打一个转身，肉身被我吃掉，头和刺之类又回到水中。大半时候在下雨。伸展出去的枝丫把四周的雨水收拢，沿着树干，穿过厨房和卧室往下流。几只上水的虾子甚至循着水流来到我的棚子里。有一次，从树枝上降落到屋顶上，我还在屋檐下钓到一条鱼。

成天无事可干，除了在林子里游上一会儿水，就是从一棵树爬到另一棵树。爬来爬去，我好像突然懂得了人为什么生有四肢，树为什么隔一段时间开一道杈。不同的枝伸向不同的空处，看起来好像互不相干。你从一根树枝爬到另一根，一路连过去，手和脚原来可以把它们连成一片。我喜欢赤身裸体躺在树上。树叶不停地翻合走动，时而翠绿，时而毛茸茸一片背白。有时风会蘸上阳光，从不同的角度吹向两腿中间那块肥沃的地方。一只水鸟站在旁边的一根树枝上，好奇地打量一件跟它差不多相同的东西。它确实像一只鸟，只是没法飞，不能飞往它想去的地方。有时为了让它痛痛快快屙上一回，我会爬到一棵树的最高处。头穿过树叶，天空无遮无拦地在头顶展开。湖面开阔，泥红色的波浪推送着各种漂浮物，一路向前。风比水来得更自由，水常常向往着风。我抛下一条水，被风捡起，丢进波浪。

我就是在这时候看到那只船的。在芦苇的叶尖上头，小船弯来绕去，显然是在往这边开。很少有船敢在这上面开，只要芦苇一搅住螺旋桨就完了。除了开船的，船上还有两个人：一个是女的，一个男的。三妹子？如果是三妹子，她带上男人做什么？

船上的柴油机一熄火，林子里就响起老马头的声音："我是诸葛孔明，算定你在这里！"老马头站在船头说话，船尾开船的哑巴跟着哇哇叫。被船带进林子的波浪在回荡，船一会儿船头高，一会儿船尾高。船中间的阿珍，没动也没有说话，眼睛巴巴地朝树上望着。

老马头把那两个留在船上，自己爬到树上，进到我的屋子里。他一句话把我惊住了："一个人在这里过得不错啊！阿珍肚子里怀着你的孩子，你知道不？"

我下到船上的时候，阿珍显得有些羞涩，脸上闪动着一种特别圣洁的光辉，让人惊讶不已。我没有说话。原来的那个阿珍姐，现在成了我的女人。用老马头的话说：一块好地，昭林种了这些年，没种出什么来。你小子一下种出来了，地里长出来的东西是你的，地也是你的了。我坚持把这块地和地里长的东西背到树上，背到我的屋子里去。这段时间练出来的爬树的功夫派上用场。马陆就是这样：一条马陆背着另一条马陆，在地上爬，往芦苇上往树上爬。

她说：我不是要来缠着你。我只是来看看，顺便告诉你。我现在的样子，也不能留在你这里。你也不能过那边去。往后的事情往后再说吧。

我能说什么呢？我把她在我的床上摊开，从头发开始摸遍全身。

我们在树上的动静大了一点。树一动，团绕着树干弹出一圈圈涟漪——不是波浪，波浪总是连着整片林子一起涌动——浮在水面的油花打着旋，很兴奋的样子。哑巴指着这些，呱呱叫个不停，弄得老马头哈哈大笑。老马头说：他叫是叫，他不会说出去什么。

我们在船上做了一顿午饭，一起吃了。然后他们开船。我在树上望着那条船把林子里的波浪，拖到芦苇荡上面。突然想起，将来那个孩子，不管男孩女孩，都叫他草垛。后来这一切，都是从那个草垛开始的。船越来越小。草垛将在我逃出来的地方出生。

坏东西

那天晚上，睡到半夜，听到敲门声。我从很远的地方醒来。跟我一起醒来的，是挖沙船的响声，还有风声。风把湖洲上的夜吹得很大，大过天空。我问谁。没有回答。过一会儿，门又在响。这里还有人来抢劫？我自己就是土匪流氓！我把门打开，门外三个警察。一把枪指着我，另外两个给我上了手铐。我戴过手铐，知道对一只手铐你不能反抗。越反抗它咬得越紧。他们什么也没说，把我往洲子边上带。那里有两只船。柴油机在一只船上响起来，很兴奋的样子，一下一下在蹦。那一只船上没有人，连开船的都没有。是它带来的，上面的人不想让我看到。背后挖沙船黑沉沉响成一片。柴油机慢慢平稳下来。这一只船开动时，那一只横起身子，一动一动的。天空像一块湿布，可以拧出水来。湖面显得比天要亮。一层幽暗的光被船荡开，摊面饼似的。船到岸边，岸上有一辆车。

青龙咀派出所。一楼楼梯间，空处被钢筋围起来。一张钢筋配上钢管编织起来的门。他们把我扔在这里，锁上门，走了。

大概是一幢两层楼的房子。一楼是食堂，二楼不知是什么。食堂的师傅应该是住楼上。他的脚步从上面下来之后，那边的食堂就从锅碗瓢盆开始，热闹起来。一场声音的早点，就在楼梯间右边：锅铲和勺落在锅里，落在碗里。油落锅的时候，有些像三妹子在船边上撒尿。筷子磕在碗边上。面条和汤被嘴嘬得老长。嘴里包着东西腾挪不动，闷着说话的声音。呛住的声音。众多筷子拢到一起的声音。碗套着碗码上去的声音。不只是声音，还有食物的香味。蒸包出笼时的面香和肉香。它们直奔鼻孔，那地方离嘴很近。在早晨的空气中，这些气味变得格外尖利。我从嘴到肚子彻底醒来。可是没有人管我。我喊起来。明明听到有人在说话，他们就是不理。我大喊大叫，用脚踢那张钢筋门。铁门的响声招来一个人：

"干什么！干什么！造反？"

我认出来了，上次逃跑我打的就是他。昨天晚上那个叫人把我铐上的声音也是他。我不管，做鬼也不能做个饿肚鬼：

"凭什么不给水喝，不给饭吃？"

他将一边脸往上挤，眯起一只眼，剔着牙：

"口干了？肚子也饿了吧？需要用早餐，还需要上厕所是不是？大手还是小手，要不大小一起来？等着吧，有人来伺候的！"

一个人嘴角上叼一根牙签，往里面丢了一瓶水。一直到中饭时间过去，再没有人来管我。奇怪的是，食堂师傅一清早从楼梯上下去，一直没有上去。我知道，他们在磨人，叫也没用。我往钢筋外面撒了一泡尿。喝下那瓶水之后，我又往那条干涸下去的河补了一次水。尿代替人，朝外面的台阶流去。屎跑不出去，只能让它在屁股巅上等着。带他们抓我的是谁？他们到底想把我怎么样？

水从洲子上退下去不久，离洲子不远的地方来了一艘船。不是那种水面上跑来跑去的船。它端着三四层楼，停在那里不动。从它身上放出的响声，不分白天黑夜，那样子，好像从天上到水里全是它的。连老子住过这么久的湖洲都是它的。

那时候，我正仰在林子里想女人。一切可以拿来一想的女人。按说我应该多把阿珍拿出来想想。可是我说服不了我身上那件东西。它宁肯拿三妹子拿别的女人过来。哪怕是三妹子邻船的那个女人。

假如她这时候来，没有牛肉可送，它可以把我吃下去的牛肉，吃下去的鱼和野鸭蛋统统送给她。我没有办法。一个人等在湖洲上，成天在脑子里翻箱倒柜，连那个在火车站旁边开饭馆的女人，也给找了出来。我不大记得她的脸。只记得身子前面挂一条围裙，老在围裙里迈出两条腿的轮廓。脸可以不要。这时候脸的用处不大，有两条腿就行。围裙里面，两条腿的中间地带还有一个三角形！它从刘老师的数学课本里跑出来，一到这条围裙上就牵来扯去，让人身子发热，让人想起好些事情。仰八叉躺在树下，上头的枝杈就像朝上面打开的两条腿。没有围裙，连裤衩都没有。跑到上面去的只有风。有时也会有一两只鸟。

　　三妹子来的时候，我正往树杈上挂短裤。刚洗过的短裤。我一边挂一边吹口哨，吹的是高举旗帜开创未来。挂上去的短裤迎风招展，逗得她哎哟哟直叫唤，边叫边笑。她随身带着孔洞和丘陵。一看到她，想起小时候背过的课文，就把所有生根发芽开花结果的想法，全栽下去。就想起一个人一生其实不用背那么多课文，一两篇就够用。她说，你最好跟我出去！外边什么女人没有？多着呢！那时候，我的功夫在下头，没怎么往上听。

第二次，她带来一个人，一个男人。刘义兵，她自己的男人。他不是为打架而来。他不像是一个要为女人打架的男人。他带来了酒，还带来猪肉。两个男人坐在枫杨树下。他的女人在我的小屋进进出出张罗晚餐。一会儿屁股弯成两瓣，一会儿羊毛衫里面晃晃荡荡。在她男人旁边，这些东西看起来有些扎眼。还好，他的注意力不在这。远远近近，挖沙船的响声包揽了天空。他想听出哪一个是他的。他说，那家伙牛鸡巴大的力，水冲出去就不再是水，是炮弹。钢板都要射出一个洞。这东西往下面一塞，就把湖底翻转了——我日他祖宗！一只船要三千万元，入股的人一箩筐。一个婆娘的屁股，十几个人分。

三妹子正在破鱼。听了她男人连荤带色的话，就在一旁咕咕笑。这娘们，大概要把她像条鱼一样破开，才知道她里面装的是什么！

一直都是他在说。喝了酒更是。一个人待久了，我已经不习惯说话。除非自己跟自己说话。我没怎么说话，也不喜欢听他说话。

天黑下来。女人在屋里洗碗。他在一支烟头上一闪一闪亮着。团着烟头，不时显出嘴唇、带胡茬的下巴和鼻孔，还有隐隐约约的脸。他说，现在挖沙船越来越多。守在船上还不如守到青龙咀的码头上去。我们不行，黄牯的卵子，皮外的肉。你是本地人，又跟你爷爷学过武功。还有，还有，你号子都蹲过，还怕谁。我想说打过警察他们会抓我，可我没说出来。他说，跟我们去吧，外面的女人多的是！家花冇得野花香，外面的女人比屋里年轻，比屋里漂亮。喜欢谁就是谁。

我有点儿动心。可是我还没想好，要不要跟他到码头上去打架。《水浒传》里的人是回去了。可收他们回去的是玉帝老儿。他只是刘义兵。他说他后边还有人。他不说那是谁。反正不是皇帝。他又在说女人。好像那些女人是蚯蚓，可以穿到钓钩上。假如有一些蚯蚓会自己爬到鱼那里，它干吗还要去咬钩呢？

我没有去送他们。一开始，柴油机的声音蹿得老高。后来便连到挖沙船的响声中去。突然有那么一句半句话，被风从水面带来，比柴油机还响。想一想，这两夫妻让人有些纳闷，他们跟别人有些不一样。

下午三点钟的样子，刘义兵到了派出所。一看到我关在笼子里，他就哈哈笑：叫你来你不来，叫你来你不来！我没笑，直直地望着他。一条河的痕迹正好通向他。他若无其事。他们说我的脸皮像上过硝的牛皮，他的还刷过鞋油。精光锃亮的牛皮。

我想到昨天晚上那只没人的船。事情就是这样。手铐和锁都听他的。他上那边办公楼一趟，不久就有人拿着钥匙过来。警察没有露面，来的是守传达的老头。

刘义兵还是那副嘻嘻哈哈的样子。他像我一样明白，我没有别的地方可去。我有过一片湖洲，现在没有了。除了青龙咀，剩下就只有眼下这种地方。过去那些事，随时可以忘记，也随时可以拿起。这王八蛋，我只占了他一只烟盒大的地方，偶尔占上一阵子。我不占它也闲着。闲着也是闲着。他一下就叫我失去那么大一块地方。我爷爷年轻时就已打下的地方。也罢，两抵，账算是平了。

刘义兵说放松一下。放松一下就是去吃饭。吃饭其实是不吃饭，吃菜。有脚有翅膀的没脚没翅膀的会动的不会动的你想到的没想到的，都可以成为菜。女人生孩子的胞衣，也跑到桌子上来成了菜。有酒，菜吃起来更有味。有女人，酒喝起来也就更起劲。刘义兵带来两个女人，一只手揽着一个。他说这叫双飞。我后头跟着光头和红毛。他们待在城里没事干，偶尔帮人家贩点毒。卖出去一公斤，弄个千把两千块。我是在火车站逮住他们的。我不知道上哪儿去找他们，就在那里等。他们没让我等太久，就送到我的墨镜前面。我用装墨镜的塑料盒顶住红毛的腰。做贼心虚，他马上举起双手。还是光头返头一看，发现是我。我家离火车站不远。我不愿看我爸瞪在那里的眼睛，也不愿看我妈的眼泪。三个人当下就往青龙咀赶，去会刘义兵那王八。王八后面还有王八，大半是戴帽子穿制服的王八。我身边也得多两个人。

两个女人，一个说她叫李斯，一个说她叫韩非。叫韩非的女人像一只熟透的水蜜桃。红毛像一只红头苍蝇，团着她嗡嗡转。敬酒，斗酒。后来跟李斯、刘义兵也闹到一起。没多久，就把自己喝醉了。老说话，拖着舌头像趿着拖鞋在泥水里蹚。红毛的声音低下去之后，刘义兵的声音高起来。他不能朝人笑，他一笑就叫人像吃了胞衣。他一下说到秦朝，还笑。他搂搂韩非，又搂搂李斯，说他喜欢法家。法家知道不？批林批孔你们没批过吧？法家就是玩卵法。玩卵法杀人。李斯捂他的嘴，他就说给她的手掌听。韩非灌他酒。不一会儿，那边只剩鼾声。这边，红毛开始和泥带水往外倒。楼上开了房间，光头想扶他去房间。他全身上下都像装了开关，一动就吐。只好把他丢到墙边的沙发上，让服务员来打扫。李斯想扶刘义兵上楼，可她搂不动。光头起身帮她。他们一去好久不回。

水蜜桃就在身边。像是碰一碰，甚至用力看一眼，就会流出汁水来。酒在血管里跑。女人的胞衣等在那里。甲鱼和鸟，鹅掌和牛八卦全都停着不动。刘义兵双飞过的手臂，壁纸和吊灯，墙壁和窗，蒙着塑料布的桌子，烂醉的沙发。灯照着。我不知道从哪里开始。或许该说句什么。说什么呢？就这样把手伸过去？什么也不说，手怎么过去？手它过不去。有灯和一个人的鼾声看守，你过不去。就像一把椅子到不了另一把椅子那里。我没法像野外一样。在湖洲上，手是手，脚也是脚，可以去任何地方。

光头回来时，韩非跟我在虫虫棒子鸡。输了的喝酒。光头问你们哪个输哪个赢。女人说棒子不打鸡。

光头拉我上厕所。一些话只能到厕所里去说。射尿时，光头说我把那女人干了。在哪里？就在三楼房间里。刘义兵呢？那王八趴在一旁打呼噜。女的愿意？把她摁到床上，她就直起身子不动了。喂，你那娘们水汪汪的，都在喊你的棒子了！

说到棒子，我打了个尿颤。一种奇异的感觉，从肚子那里，从全身，直往那只手上奔。

是女人自己说出来的。说她喝多了，身子有些发软。我只能扶着她。扶着她去一间房。看起来是这样。给谁看呢？好像我们身上还有另外一个我，需要装给他们看。不再在那些东西中间，不再在灯光下。黑暗中，一伸手就摸到她的湿润。有一阵，好像又到了湖洲上。像波浪，又像风在掀动芦苇荡。风总是这样，遇到什么就掀动什么。女人在湖洲那一头，不知在呼喊还是回应。

后来，女人回到这头。她说：他们叫我劝你去码头。我望着她。她问：你去吗？

我望着她。甚至没有问，他们是谁。

左边光头，右边红毛。三个人从岳飞镇压杨幺的点将台，下到码头上。有几条影子，离码头不远不近在晃。他们不敢靠得太近。

正儿八经大摇大摆往码头上来，是在第二天，下河街的牛胖子。

远远就看到一个人像一块门板在往这边移。门板后面跟着好些影子。这驴鸡巴日的在鸡公岭跟铁匠王学武打，左右都分不清。师傅叫出右脚，他偏偏出左脚。师傅让他在右脚系一根草绳。喊一声动草脚，低头一看，动的那只没有草。气得师傅大骂他肉卵子。从此，这肉卵子天天拿拳头打砖头。先打泥砖，后来打火砖。先打一块，后来一下打几块。练久了，只要拳头往砖头上一放，砖就碎。这牛胖子最恨别人跟着叫他肉卵子。现在，他提着两只拳头来了。我跟光头和红毛说好，后面那几个动，你们就动。后面的不动，你们也在一边站着。

码头边一下多了好些人。他们要看这场大架怎么打。

我猛地一跺脚，大喊一声：肉卵子！他一愣，甚至停下脚步。当着这么多人，他一下气得脖子比牛还粗，鼻孔像牛一样在出气。两只牛眼睛就像两颗炮弹。

"红毛，去找一只菜篮子来！我把那两粒肉卵子抠下来，拿去下酒！"

他一定气疯了，抡起拳就往这边奔。这肉卵子他以为我也会像砖头一样等在那里。我侧身让过他的拳头，顺手就是一个五龙戏珠。打架的人都知道，一个人被人捉住卵子，他就完了。他发出一声驴子叫，仰身倒在地上。剩下的事情，用不着我来劳神。跟在他后面的人，背不动他，会把他抬回去。之后，有人来要过医药费什么的。这事归刘义兵，我没问。

　　打架总是一件开心的事情。尤其是打赢了。

　　来了一个女人。当然不是韩非李斯。看身板就知道，是牛胖子的什么人。她拿着一把刀，刀口在太阳里一闪一闪。还有一块是砧板。她拿刀，只是为了剁这块砧板。一屁股跺在水泥地上之后，就在砧板上剁开了。剁一刀，骂一句。肿脑壳炸肚子点天灯烂屁股，从头骂到脚，再到断子绝孙席子卷了夜里埋。那声音让人心烦。仿佛每一下都由一把刀把一句话剁进你身体里去。不时有拖沙的卡车经过，旋起一阵沙尘云里雾里。她连刀带砧板消失一会儿，旋即显身。还是骂。越往后越像尼姑念经，念一句敲一下木鱼。她骂了一天，中间有人送水送吃的。都知道下河街不好惹。打码头，首先就是冲着下河街。

第二天，她又来了。我的拳头总不能往一个女人身上砸。我叫人把刘义兵找来。女人把砧板剁得更响。刘义兵变了脸：屁大的事叫我来，要你们做什么？他现在当老板了，不需要像以前那样朝你笑。我像庙门口的狮子，鼓着两只眼睛不动。他不敢朝我看。当老板也是只王八。他吩咐光头红毛把她扔到湖滩上去。光头一下锁定两只脚。红毛拧掉她手上的刀，半天也摆不平两只狂挥乱舞的手。刘义兵骂他，看着妖魔鬼怪的样子，其实是一只烂酒桶。我一直瞪着眼，他一直没拿眼睛朝这边望。给他开车的小把戏赶过去，三个人一起，把一座肉山扔到码头下面。叭的一声响，溅起一片烂泥。泥点在四周砸出一个个陨石坑，像月球照片。女人像一个肥胖的"大"字，仰在月球上。有一阵，没有动，也没有声音。刘义兵脸都吓白了，以为她就这样升了仙。还好，她身上的肉一簸一簸，又笃笃哭起来。刘义兵转身走人。派出所的联防队来了几个人，做好做歹，把她扶上岸送走了。

后来的事情我不知道，应该是给了那边一点钱。那女人没有再出现。

铁匠王来过。他不是来打架的。打架不是他的事。他拄着拐杖来，只是要找我说几句话。我叉着腰站在那里。沙堆中偶尔会有一两块瓦片。杨幺在这一带烧窑留下的。他用拐杖拨拉着。一块瓦片飞起来，他拐杖一挥，在空中把它击碎。光头痴痴地望着。红毛看看老头，又看看我。我把叉在腰上的手放下来。他说，我今年八十，比你多吃几包盐。盘古开天地，靠山吃山，靠海吃海。靠着码头，自然有人要吃码头饭。你占了码头，是你的本事。没本事只能到别处去吃饭。我只想问问：青龙咀码头的饭，是你在吃吗？

　　我吧嗒一下嘴。我想到刘义兵，想到三妹子，想到派出所的食堂。在那里只能喝水。我往肚里咽了一口水。他没等我说什么。拐杖杵在水泥地上，笃笃响。他其实可以不要拐杖。他拄一根拐杖，看样子只是为了戳一戳水泥地。

　　刘义兵他们在青龙咀开起沙石公司。以前的码头只是一个大堆场。这一带的挖沙船，每一只船都有一个沙堆在这里。一座座沙堆像挤到一起来的山。占码头的人只是收些堆放费。来这里拖沙的车，多少也得孝敬一点点。沙石公司把众多的山头合到一起，合成几大堆。挖沙船挖上来的沙，它自己不能卖，要由沙石公司卖。刘义兵说，秦始皇统一七国就是这样。那天放了很多炮仗。冲天炮震天雷盖过挖沙船。放烟花是在入夜以后。烟花要靠着黑暗发光。

　　沙石公司在点将台上有了一排砖瓦房。刘义兵一个人占了两大间，还带一间厕所。厕所还不叫厕所，要叫卫生间。就像刘义兵要叫刘总刘经理。好像一个人成了刘总之后，撒尿都得找专门的地方。房子不再是房子，是总经理办公室。还弄来一张桌子几把沙发摆上。大概有了这些东西，就可以像秦始皇，就可以岳飞点将。做岳飞得背上刺字，他知道不？里面那间房倒是可以派上用场。什么李斯，什么韩非，还有李非韩斯都可以。三妹子好像没来过。一张很大的床，埋红薯种似的，一次可以埋好多。哦，还有卫生间！一些脏东西从下面的管子排下去，排到湖滩上，排到湖水里。湖水荡成蛋花汤。蚊子正好在那里出生。初出水的蚊子还是白的，变黑了就可以吸血。一想到就恶心。一想到那个女人也会出现在那里就让人不是滋味。那天晚上的湖洲和水蜜桃一起烂了。从挖沙船的响声下面逃出来的湖洲烂了。胞衣烂了。我自己跟自己喝酒，不要下酒菜。连光头红毛也不要。

吞下去的东西可以吐出来，发射出去的东西怎么收回来？打出去的子弹你收不回。打着了，就只能钉在上面。你还能做什么？喝酒，用酒洗自己的枪。想来真窝囊，就像一只屎壳郎，老跟在人家后边，吃人家落下的。

刘义兵说你上班喝酒。上班！老子打下青龙咀，让他做皇帝。他说上班！他把我的湖洲弄没了，他说上班！我从劳动局跑出来，讨厌的就这个，他说上班！有时就想变成一条蛇，哪怕在地上爬着走。有一口毒牙，遇上什么，就咬它一口。要不就做头大象，边走边吃，想叫就抬起来叫一声。什么豺狼虎豹，什么河马，都到一边望着。

　　他们弄来几套保安服。保安服还不是警服。可它在衣领上在袖口在肩膀上，在很多地方跟警服拉上关系。让人一看到就觉得它离警服不远，不是亲戚就是邻居。上学穿校服，蹲号子穿囚服，做操有运动服。没想到到了青龙咀，还有这么一套东西要把你装上。光头穿上它就像鬼子兵。红毛怎么穿着，都像汉奸，戴上帽子也不行。不管鬼子汉奸，穿上它就成了保安，就可以代表什么。有两套保安服在码头上晃来晃去，码头倒像真成了沙石公司的。

　　我没穿保安服。我穿我原来穿的东西。有时候，我也会趿拉着一双鞋到码头上转转。脚跟鞋子一拍即合。脚有些像某个时候的男人。穿到脚上，鞋子当然是它女人。每动一下，都会发出一点声音。就这样走给刘义兵看。不出去的时候，大半仰在那把破沙发上。前面有一台电视机。遥控器多半拿在手上。总会有那么一些人，穿戴齐整煞有介事走出。要么就好多人坐在那里，听一个说什么。好像很重要。这些总是从遥控器那里一晃而过。我不喜欢这个。我宁愿看《动物世界》。它们不用穿制服，不用开会，不用装13，不用说很多话。要叫便咧开嘴喊一声。除了吃和睡，其他时间都用来打架，做喜欢做的事。有时遥控器一路摁下来，全是一个皇帝跟一群衣冠长发在那里晃。做皇帝大概是一件很过瘾的事情。一大群女人，喜欢谁就是谁。不管说什么，听的那一边都竖起屁股叫一声喳。看多了就发现，皇帝也要穿制服，头上还得戴点什么。好像总有事情缠着他。没有一件是一头雄狮，一条河马想干的。说什么也不会想到，刘义兵会把我们弄到他的办公室去开会。我们只有三个人，他叫上食堂做饭的和开车的，一下增加了四只耳朵。

他似乎想说我。他在绕着说，差不多绕到他爹他妈的胯里去。我没怎么听。还是有一些灌到耳朵里。我想起身上有一把弹簧刀，红毛送给我的。就把它拿出来。摁下按钮，刀锋冲出来的那一刻，刘义兵呆住了，死死望着它。好像他早就认得它。好像它是他身上的一块骨头。在把它送回他身上之前，我拿着它削指甲。他反应快，拿上手机，做成有事打电话的样子，去了里面那间屋子。出来时换上笑脸喊散会。我朝他伸出一只手，说了两个字：工资。我们三个人，每人一万。原来说出去吃饭玩女人，一人要扣一千，他没扣。司机和做饭的师傅只能望着。他们手上只有方向盘，只有勺子。刀也是菜刀。他们应该知道，方向盘可以出车祸，菜里面可以放农药。

　　红毛和光头拿着票子咕咕笑。他们知道，在他们带来的碟子里，人家也是这么干的。吃了玩了，老板来收钱，就把枪往桌上一放。找人家要点什么，不用多说话，就在一边拿一把刀子玩。真想有一天，世界还是这么个玩法。从前我爷爷打下那片湖洲，湖洲就跟着他一起姓牛。现在我打了码头，码头却跟着刘义兵姓了刘。现在不玩这个，玩的是制服，是票子。好像一张纸印上一些花样，就不再是纸。就像光头和红毛穿上制服，就成了保安。

　　我回去过。爷爷还是坐在那里抽烟。抽了一辈子烟，好像一生就是一锅烟，还没把它抽完。墙上那架钟还在，只是把两根针走丢了。奶奶还在说话，只是跟她走路一样，步子慢了下来。我把钱拿出来。爷爷把烟嘴取下来：这是你打架的钱？奶奶一边在围裙上擦手一边说：我们不要你的钱。我们不要。有钱给点给阿珍。阿珍苦着呢！昭林是回来了，回来又怎样？

　　我去了阿珍家。昭林瘸了一条腿，头发差不多全白了。一边眼角上，还挂着一坨眼粪。看到我，他什么也没说，拄着拐杖去了后面那间屋子。后面的屋子我知道，那里有一张床，一只大衣柜，靠竹林那边有一张门一扇窗。看到我拿钱，阿珍的眼泪就出来了。她没有接钱。我也没让她接。我把钱放在昭林坐过的椅子上。摇床里睡着一个小男孩，一根小手指朝我动了动。好像他在那根指头上认出了我。我从他身上看到了我：妈妈把我从城里送回老家来，我睡在爷爷奶奶的摇床里。我和阿珍都没有说话。走的时候，阿珍说：我们叫他草垛。她说的是"我们"，"们"字是那个瘸腿的男人？

从阿珍那里出来，我找了老马头来喝酒。老马头还是趿拉着一双胶鞋。鞋子差不多还是新的，鞋面是迷彩。他总喜欢这种军工厂来的鞋，总喜欢把鞋后跟踩到脚底下。他不放牛了，改贩牛。把牛从湖里贩到城里去。他看牛眼睛毒，一眼能看出一头牛多少膘，多少肉。一看到酒，他就来劲。他把酒瓶往桌上一顿：来，今天我们三兄弟把这干了！

奶奶叫起来：死马头，这是爷爷那是孙呢！老马头咕咕一笑：酒才是嫡亲的爹娘，嫡亲的爷和崽。爷爷说：这如今，还分什么爷爷和孙子。不分？不分了。那就来，喝酒！

几次望到那架钟。以前它规规矩矩走，没怎么注意过它。以前有一块玻璃罩着。玻璃没有了，围在四周的十二个格格还在。两根针跑到哪儿去了？老马头说，不管它，喝酒！老马头很快现出酒意。他的酒意一直在那里，一招就来。他又翻出爷爷孙子来说话：如今爷爷是孙子，孙子是爷爷。叫爷爷叫孙子都一样。叫什么都行。假如一开始把皇帝叫卵子，卵子叫皇帝，你说会怎样？听我说——那样的话，这儿，我这儿就住着一位皇帝！它什么都不作，它是皇帝。马皇帝！马皇帝在这里，朱元璋就是猪卵子，铁木真是铁卵子，秦始皇是死卵子。哈哈哈哈，来，牛皇帝，喝酒！

我是在去按摩时被水蜜桃截住的。我们三个人，她只截住我。她说你去那里按什么摩。这不是明知故问吗。说真的，我也不是很想去那种地方。那只是她们的身体在做那件事。可有时候，我们身体需要做那件事。红毛带来的那些毛片就是这样教导我们的。有时候光看那些毛片还真不行。尤其是喝了酒吃了肉，从哪里进也只从那里出，光是说说话骂几句娘不行。光头和红毛是这样，我也是这样。

　　她说你要按哪个地方，我来给你按。我问她是不是刘总安排的。她愣了一下：你是说刘义兵？是有一个人想见你，不过不是刘义兵。我喜欢听她这个口气说刘义兵。我说：你说你来按？她说等下要怎么按就怎么按。我说走。

我是在她往那里看的时候，才往那里看上一眼。他们老喜欢写点什么这里那里贴着。仿佛喇叭喊了唱了还不够，还叫你用眼睛去看。我一向不看这些。这一回倒是看见了：依法打击非法上访！有些拗口。意思倒是清楚，法在他那边。下面还标了一行字：派出所宣。我想到铐子和制服。难怪。还有一张：打好拆迁征地攻坚战！我中学没怎么念，两张纸上的字全认得，一下看完啦。还认出两个感叹号。读小学的时候就喜欢感叹号，只有它像拳头！她还在看。好像从这些标语上头还能看出什么来。

6657，镇子西北角，四个数字其实是一个棉花仓库。棉花谁没见过？堆得再多，棉花也还是棉花。不是雪，也不是天上的云。可弄了四个数目字，用围墙一围，它就变得神秘。它是这个镇子上的神秘部位。人身上的神秘部位用布兜着。它用数字。不知道这几个数字从何而来，代表什么。6657，看那样子，6好像不是5和7之间的那个数目字，7不是6+1，5也不是6-1。林副统帅用B52代表伟大，谁猜得到？那个被水蜜桃唤作王总的人，干吗要在这么一个神神秘秘的地方请我来吃饭？水蜜桃也有些神秘，一会儿刘总那里一会儿王总这边，不知道她在干什么。

他说他叫王卒。第一眼看起来比刘义兵舒服。棱角分明的脸，比笑成一摊烂泥强。刘义兵找我，是要我离开湖洲。他要干什么？第一次见刘义兵，我没怎么说，也不愿听他多说。这个人，我倒是愿意听他说说。他说，这是个私家菜馆，图个安静，一起好好喝顿酒，交个朋友。湖上有他一只挖沙船，叫我有时间上他的船看看。并不多说。主要是喝酒。五粮液，入口下喉都好。水蜜桃能产五粮液就好了。她说我产五粮液，不早就把你醉翻了。我懂她的意思，她是说她跟刘义兵跟王卒都不那个。那个的是我。

满湖都是挖沙船在响。响声挤着响声，谁也不服谁。船在山一样高起的响声中穿行。尾巴上的柴油机使劲在喊，喊得跳起来，发出的声音到头来还是像一根网绳一样，贴着湖面颤。挖沙船的响声我听了几年。远远的只是觉得大，一直没拢过它的身。拢了身才知道船身和船声真的大。这么大的家伙，才能弄出这么大动静。好像世界只剩它一个人在响着。整个青龙镇，连同刘义兵和他的沙石公司，全都在它的响声里。不知道包不包括派出所。船很大，人很小，包括王卒自己，包括船上的人。很小的人居然可以有这么大的家伙。王卒说他有一只船。刘义兵说他有一只船。像在说家里的一把镰刀，一柄锄头。镰刀也有割伤手指的时候，爷爷喜欢说的一句话。镰刀很容易拿在手上。这东西不费什么劲就把我们托到它手上。

　　机器在响，船上的人照样在说话，就像在岸上，在其他地方一样。我听不到水蜜桃，水蜜桃也听不到我。除非把嘴伸到耳边，像一架柴油机那样喊。他们不需要。机器声像湖一样大，他们也可以从中网出鱼来挖出沙来。他们喜欢跟水蜜桃说话。他们告诉水蜜桃，他们不怕机器声。他们怕的是机器停下来。机器一停，声音全到了耳朵里。八辈子的声音都在耳朵里响。机器声没了，世界就变了个样。对于我们，世界变回了原来的样。对于他们，世界不再是原来的样。有一阵，他们愣在那里，你望我，我望你，不知如何是好。他们愿意把这些告诉一个女人，他们需要脚下震动。脚底下不震动，他们不敢相信是真的。走路会变得迟疑，手也不知道往哪里去。有几个用手捂住耳朵，有一个用手指在耳朵里掏。看着我们和他们的老板踩着船舷从船头走到船尾，又从一楼上到四楼船长室，他们好像有些惊讶：机器不响了，怎么还能这样走？

那声音没有在我耳朵里停留太久。它们还没有在里面扎根。王卒是读过几句书的人。王卒说：机器一停，就发现洞庭湖不只是一只挖沙船那么大。

船长室下面有厨房、餐厅和卧室。餐厅在一楼，很大。里头有一台大电视机，有一张乒乓球桌，聚餐时也做餐桌用。船长当然在这一切之上。船长室在船屁股的最上头。往窗边一站，那些挖沙的东西全在眼睛底下：两根大钢管在船头那里扎入湖中。一根是水泵管。八千马力，几毫米厚的钢板都可以冲出一个洞。水冲到湖底，沙翻起来，被另一根管子和沙带水吸上来。吸上来之后，有过滤有筛选有冲洗，最后由传送带送到船舱中。王卒说，这船一个小时就可以挖两千多吨。最多的时候，一天的毛收入有一两百万。这数字是不小。刨掉成本，贷款利息，各种收费，还有你们沙石公司要刮走一些，剩下来的并不多。

他干吗要对我说这些呢？他叫我喝酒，让我到他的船上来，就是要跟我说这些？我对这些不感兴趣。我只对他的船长室感兴趣。后面有一间睡房。
我对水蜜桃说：有一天，我也要在她的屁股上修一
间船长室。分两边，一边瞭望，一边管睡觉。她像
一只下过蛋的母鸡呱嗒呱嗒叫。

后来她对我说，其实王卒这个人还算是不错
的。我说你好像也这样说过刘义兵。她说没有，我
不会。那你还往他那里跑？她用手指在我脑袋上摁
了一下：我去的是办公室，后面那间有人去，不归
我去。这天晚上，我们就睡在船长室。我说，我是
船长，你就是大副。她说，到底是大副还是二副？
我说当然是大副。这一夜，船长和他的大副睡得地动
山摇。满湖的响声像是从他们身上发出，又像全都奔
他们而来。第一次感到，这架巨大的机器让人兴奋。

我不知道这里头有什么玄机。我不在的时候，

码头那边出了点事。是在晚上，有人把刘义兵总经理室的牌子摘了，换上另一块：射精室。三台铲沙的拖拉机，烟筒里都被人灌了东西。是尿，尿臊气熏人。三只烟筒，中间还鼓着大肚子，怕要装二三十人的尿。这是顶毒的招。三台铲沙车同时开不动。尿灌烟囱，信神的都知道，这是来灭人烟火的。没有烟火，哪来人烟？刘义兵气歪了脸。一个人气歪了脸之后，也就敢瞪着眼睛朝人看了。这时候我还不知道，因为我不在。我不知道他在瞪着眼睛找我。

　　水蜜桃打电话。她没用手机用的座机。还叫我用座机打过去。我不耐烦，可她说有事，很急。座机对座机，她说：他们要把你关进去。以前的事。快走！去哪里？去哪里都行。

我不想再关到那种地方去。一个人，他身上有洲子有湖有码头还有过船长室，那地方太小，怎么装得下呢？连一根猴子毛都装不下，不要说屁股下面还有一根东西做旗杆。可是我该往哪里去呢？湖洲上不能去，爷爷那里不能去，城里父母那儿不能去，阿珍和草垛那里不能去，以前放牛的地方不能去。想到的地方都不能去。想有的东西都没有。没有核弹，没有航母，没有飞毛腿，连手枪和炸弹都没有。有这些东西就可以珍珠港就可以冲绳至少也可以有狼窝什么的。我只有两把拳头。对了，还有一把弹簧刀。在我爷爷那个时候，两把拳头还可以玩上一阵。现在，拳头能去的地方大概就是一些寺庙。当一个棍棒僧，跟自己打，打空气，打沙袋，在地上踩出一个个坑。当和尚之前，还有一件事得把它做了：手头这把弹簧刀，我得把它装到一个人的身上去。它本来就是他身上一块骨头。

　　先得找个地方避一避。

　　还是水蜜桃的电话，还是座机对手机，跟着座机对座机。她说：王卒找了个地方，6657，你去过的。

她说，她去刘义兵办公室，门开着，里面没人。当然是前面那间。听到声音却没看到人。她放轻了脚步。她的脚步本来就轻，她可以哈着腰走得跟一只猫一样。她听出声音是在里面那一间。一开始，还以为是李斯还是谁在里面。转身准备走出门时她有些奇怪：是女人，这外头的门怎么开着？就是夫妻做这种事情，也还是门关了的好。转到外面从窗口往里听，她听到两个男人的声音。没听到女人在里面。一个是刘义兵，还有一个，她听出来，是派出所老刘。从我脚下摔下湖岸去不久，他成了这里的所长。两个都姓刘，二流。

她说你以为我往刘义兵那里跑是做什么？我用

的耳朵，用的是眼睛。我就说我知道你的意思，你是说你用的是上面的孔洞。她就说到这时候，你还有心思闹。我就接着往下听。

我听到那个刘所长在她嘴里说：这家伙真不是个东西！干脆把他收进去算了，少说也得判他个十年八年。接着，她的嘴又换成刘义兵：这王八崽子，连你们发的保安服都不肯穿。成天横着两只牛眼珠子，像是欠他一万担。还拿一把刀在我眼睛底下晃。码头上反正也用不到他了，年猪发瘟顺头路。

一开始，我还不知道说谁，后来才想起，是——你！她把一只手握成一把手枪的样子，指着我。做枪管的那根食指却曲起身子在动。这个俏女人，枪管那儿都要俏几下。

我说，他娘的，他才王八。正宗王八一个。她竖起耳朵，叫我往下说。我就说，那王八骂我王八。我是不是王八，你知道。她做出要生气的样子，王卒来了，又换成笑脸。这女人。

6657那个私家菜馆，现在是我藏身的地方。菜在上桌，王卒说还要等一个人。

门开了，不见有人进来。我欠起脑壳瞧了瞧：一个宽大的身子堵在门口，像要代替那张打开的门。王卒说进来呀。他是侧着身子进来的。进来后站在那里没动。王卒指指身边的椅子：坐这！他走过去。还好，王卒没说要转身，他自己转过身坐到那张椅子上。他坐在那里，像一尊菩萨。我有些好奇：他下面那东西还好使不好使？那东西坏了，就只能做菩萨了。这样大的家伙，下河街的土地庙可放不下。他不朝我望，我也懒得理他。王卒干吗把我们两个弄到一起？我拿眼睛望望水蜜桃，水蜜桃朝我点点头。

王卒并不急。他干什么都这样，有板有眼不紧不慢的样子。好像他都安排好了，事情自会按着他的安排往下走。我不再像原来像湖里爬上来的野兽，一上桌拿了筷子就开工。桌上有这么一个人，我尤其不。我在想，这个私家菜馆从来不对外，它应该是王卒在青龙镇上的一个据点。进到这据点里来的人，水蜜桃算什么？小三二奶都不像，同伙？对面那胖子呢？我呢，他把我藏这里有什么打算？管他，他至少不像刘义兵！他有他的打算，我还有我的打算。菜齐了，王卒举杯：把你们两个请到一起来，没别的意思，就是叫你们一起喝喝酒。不打不相识，以前的事，喝过酒，就把它扔到洞庭湖去！

两个人闷头喝酒。无论如何，喝下去的酒是一样的。五粮液，带点甜香。热闹只能由另外那两个去弄。王卒还是那个不急不躁的样子。好像他知道，酒到一定时候会有不同。同在一桌喝酒，尤其是酒劲上来以后，眼光不能不碰到一起。碰了一下。第二次，又碰到两只牛眼睛。他骂了一句娘卖

×。他比我大，我又抠过他的牛卵子，身上的酒告诉我，让他骂一句。我回他一句牛胖子，算是回应。那两个在一旁加劲，两个人手上的杯子不知怎么就到了一块。

牛胖子笨手笨脚，脑壳也是栎木雕的。这样的人认死理。那次打架，他身上那件东西受伤。王卒出钱让他上上海的医院，总算弄得勉勉强强能用。他认了王卒。王卒说提草脚，他不会提另一只。比以前他师傅的话还灵。后来说到打架，我说我也是有办法，知道你拳头厉害，我不能让你的拳头上身。只能动那个地方。就那一句，就因为我认他的拳头，他跟我成了朋友。王卒就这样把我们两个捏到一起。两个人到一起，也算卸了我心里的一个坎。两个人到一起，刘义兵就没戏了。就算不像后来那样，他也没戏了。有制服有派出所也不行。阎王他老人家不会同意。

那把弹簧刀，它一直在我身上等着。到眼下，它还只削过苹果开过西瓜，扎过一些无关紧要的东西。刀锋离人最近的时候，是用来削指甲。它得去它该去的地方。它不能只吃素。

6657，四个数字成了藏身的地方。手机十一个数字。一个数可以把另一个数字出卖。我没有打过电话，手机一直关机。他们逮不到我。我得等过了这段时间，瞅准了再动手。幸得有这样一把弹簧刀。没有它，憋气的日子怎么过呢！水蜜桃那里泄不了这种火。牛胖子是一个只会用拳头说话的人。拳头说不了，就什么也说不了。王卒是一个待船长室的人。船长就是船长，这一点我早就看出了。在这件事情上，只有它。

原本平了的账，又不平了。我得把它摆平。要不，还像一条牛屌子，吊着那两坨做什么！就在他的射精室摆平。钥匙红毛可以解决。他说过，这一类门锁只要一个竹片片就行。一开始，我想就藏在那张铁门后面。姓刘的一开门进来，赶紧关门打狗。后来觉得不行，假如一起进来几个呢？这一回不能失算，得万无一失。那就把埋伏的地点改到睡房里面的卫生间？这里藏得住，可冲到办公室那边要过两道门，容易让他跑掉。我选择办公室到睡房的那张门。门可以虚掩。铁门一响，发现进来的只他一个，把门一扒，跳出去先关铁门。时间是在早上，他来上班的时候。等到人家来找他，就会发现他不再是他们要找的人，是鬼。

我不会像那些人体炸弹，炸别人也把自己炸飞。说是灵魂可以升天。灵魂升不升天我不知道，反正我不想就这样升天。我得从这里逃走。蹲号子的时候就听一个兄弟说过，他哥哥杀了人，藏在浙江那边的寺院里，后来还在里头当了头头。我会弄一只船开到湖洲那边，再泅水过来。让他们到湖洲上去找吧。湖洲上没有，还可以到水上去找，三妹子的船上可以去，王卒的船长室也可以去。说不定还可以找到孙猴子一根毛。想想这些，日子会好过一些。

六楼，在6657这是最高的。有一扇窗。我看着向上直指的梓树和向上打开的樟树，看着树底下卧成一大片的棉花仓库。换一下位置，还可以看到一根水泥棒似的插进湖水中的码头。这是6657的专用码头。堆沙的码头在那边。我看不到，能听到。我不在，世界依旧在那里热闹非凡。这边是另一个世界。王卒说，这是战备仓库。我奶奶摘过的棉花，阿珍摘的棉花，在她们手里是棉花，到这里就成了战备物资。成了战备物资，你就不能像家里一样想抽线就抽线，想搓绳就搓绳，想做棉被就用一块布包上。就得横一下竖下井字扎成捆。就有专门的码头出进，就有专门的房子住宿。比开大会的地方还要大的房子。

我每天都朝码头望，希望能看到点什么。一连好几天，我只看到码头伸在那里的样子。有一天终于看到一只船。好几辆汽车往仓库里面拉棉花，当然是那种捆扎得很紧的棉花包。这以后又是一片安静。后来又来了一只船。船是空的，汽车从仓库往船上拉棉花。听王卒请来的八卦老头讲八卦，就想：在这些后头，也有一个什么在排布它们。运到这里来的，只能运到这里来。运到另一个地方去的，只能从这里运过去。你不能把一个地方的东西，直接运到另一个地方去。你不能。运过来是一天，运出去又是一天。我在这一天看着它们进，在另一天看着它们出。有这么一个窗，让我看到这些，这都是早就安排好了的。有一个人在安排着这些。当然不是那些扛棉花包的人，也不是那些开车开船的人。你不知道那是谁，反正不是你。吃饭的时候，我把学习心得说给老头听。对了，他是聋子。想听人说话的时候，才戴上耳机。老头笑了：你脑袋瓜灵，一顿乱说，倒也有些道理。

那一阵天天待在那里没事干，刚好有一个八卦老头在，也像是命中谁安排在这里的。就拉着老头说八卦。这跟电视不一样，电视那里只有它说的份。这里他说我也说。我说到挖沙船和码头上的沙。他说沙也是砂，带石头的砂。砂是穴位的帮手。一个好汉三个帮。没人帮衬，穴位再好也是残局，是死穴。说到刘义兵，老头给他问了一卦。是坎卦。五行中的水，陷在低洼的地方，代表危险。代表中男，困顿之人。在人那里代表耳朵。在季节中代表冬季。颜色是黑色。我说听不懂，让解释解释，尤其是那耳朵是什么意思。他就笑。我让他问我一卦。兑卦，他说是泽，有水的地方，生物聚集，有愉悦之事。在人体中，代表口舌、肺和体液。五行中代表金。颜色上为白色。最后他说行事严肃果断，还须刚中有柔。我还是听不大懂。他还是笑。

刘义兵出事以后，回头一想，觉得他说的那些还真有些道道。

———— ❈ ————

　　一切都按着我事先的安排在进行。刘义兵的屁股上挂着几片钥匙。他以为带上它就把他的总经理室连同保险柜一起挂在屁股上。红毛弄了一块硬塑料片片，三下两下，钥匙和锁一起被废除。我坐进他的总经理室。东边天上开始露出鱼肚白。屋子里，刘义兵的气味充满敌意。我懒得理会，一屁股坐到他的转椅上。左一下，右一下，你一动，椅子就跟着你转。感觉岳飞牛皋的点将台，下面的码头，还有码头外面的湖也跟着一起在转。当老总的感觉大概就是这样。难怪这刘义兵要弄上这样一间屋子，屋子里要有一张老板桌，桌子面前要有这样一张大转椅。门外面还要有一块牌子，标明这是总经理室。谁把它砸了，换成射精室，他又换过来。他要的就是这感觉。做那事，不也就那点感觉？

　　按照我的安排，他感觉这些的时候到头了。天已大亮，我进到里面，在那张虚掩的门后面等他。那张床大模大样，占去大半间屋子。只是睡觉，用不着这么大一张床。镇上他有一套房子。城里的宾馆还包了一间房。床的用处让人心生厌恶。有一扇窗，我开出一条缝对着他来的路。早晨的风冲进来，驱赶里面的气味。今天是月底，结算的日子，他会来。一辆长城越野车——越野车才能开到这里来。他的奥迪总是停一旁的食堂前面。谁把越野车直接开到这儿来？越野车停在那儿没动。里面的人呢？来找刘义兵的吗？怎么这么早？真有人跟着进来，就只能躲到床底下，等到只剩他一个……车让我分心，我怕它乱了我的事。刘义兵顺着那条路走过来。就他一个人，他的每一步都在敲打我的胸。他朝车看了看。车上好像没人。突然间两张车门同时打开，跳下来两个人，从另一边又出来一个。两把枪指着他，一个扬了扬手里的本本，检察院的！

他的脸像一摊晒硬了壳晒白的烂泥。上手铐的时候，才记起要把烟丢了。他努力笑了笑，笑得很惨：让我打个电话吧！

跟谁打？跟你的刘所长？告诉你，他已经被纪委双规。

在他的房子里看着他被带上车，又看着车开走。有一阵我怀疑在做梦。在这一个早晨梦到那个晚上。地点应该是在湖洲上，梦把车开过一大片湖水。我知道不是。被带走的也不是我。看到攥在手上的弹簧刀，我明白过来：那个人去了他该去的地方。这把东西没地方去了。

王卒说，是他自己把自己放倒的。他以为背后有个派出所长，或者还有个什么人，就可以有恃无恐。

大伙儿都在一起挖沙，他就敢把别人挖的沙拿来往肚里吞。能到这湖上来挖沙，谁身边没有个抓绊筋？打码头打了就打了，疗伤的钱总要给几个吧？那点小钱，值不了几车沙。不想给也就算了，还把人家往烂泥里扔。还是个堂客。还要把人往派出所拿。人家一村子的人都坐到省里去了。全国妇联都有人出来说话。还偷税。还有你，他们把你从湖洲上抓来，叫你给他打码头，最后怎么样？不把他抓走，你不也要跟他拼命吗！做人做成这样，你说说，这能怪谁？

王卒平时不怎么多说话。那天喝酒喝得开心。

水蜜桃断断续续隔三岔五在说：他们本来把你也一起告上了。王卒不是一般人。你们打人，王卒出钱。牛胖子听王卒的。跟姓刘的没好果子吃。我是醒来得早。天啊，这鬼床，怎么这么硬！听说你跟人家学算八字了？给我算算，命里有没有八合米。当然要比李斯强。她跟上姓刘的，每次200元的小费都捞不到。你？小费就免了。你只给我老实点就行。哪天不老实，就叫妇联来收拾你！你们男人都得小心点，妇联在上头看着呢。刘义兵就叫妇联收拾了，连带派出所那个姓刘的一起端。怎么样，妇联牛吧？什么，牛也是母牛？我告诉你，母牛也是牛！下河街一街的母牛。王卒不是一般人。他让牛胖子上医院，他出钱。我说过吗？牛胖子不让捎上你。他说打架不算。要算算算算算那个……这个没说过吧？牛胖子一急就急得做牛叫，做牛叫也说不出。一坨子就把两块砖头打烂了。王卒不会说。听别人说的。这里头肯定有王卒。就算他不说话，钱也会替他说话。不要老是水蜜桃水蜜桃，人家又不是给你吃的东西！韩菲，不是刘义兵那个非，草头菲。不念书的家伙。王卒跟我？算了吧，人家大学生有的是。我呀，念了个不像样的中专，上学时就被老师带出去卡拉OK。上了不该上的船，弄成现在这样子。他是想好了的，有用得着你我，还有牛胖子的地方。跟着能弄口饭吃就行。你？那个红头发和光脑壳我不知道。打警察那件事，这么久了，应该不会。自己都已弄成这样，干吗还要把这事搂出来？关派出所，不是他们放出来的吗！还有王卒，他还要用你呢。王卒这家伙能耐大着呢！听说临湖新区人大主任的女儿让他给好上啦！人大听主任的，主任听女儿的，女儿听王卒的，哈哈哈哈。好啦，樱桃不错——谢谢樱桃！鸡和蛋就不用谢啦。

我说：好像他让人把我从湖洲上抓来，就是让我看他被人抓走。那八卦老头说：世上都晓神仙好，只有金钱忘不了。他说，沙石公司开业，刘义兵请他看过日子，他就看出来这人走不长。我问他王卒怎么样。他说这人能成大事。我问我呢。他说你们会一起走一段。这一段会走得顺。我想问韩菲。他说她的事不好说。

我在开会。

一个逃过课蹲过号子的人，一个窝在湖洲上躲在6657的人，现在跟一些有模有样的人平起平坐，在这里开会。大概一个人混到一定地步，成了一个人物，就得找一个地方坐下来开会。连孙悟空连猪八戒也不例外。好打架好做小动作的也收了金箍棒，高家庄的女婿也不做了，像模像样地坐到如来那里，听他老人家做指示。也就是开会。

　　开会其实一点也不好玩。说的那些话也没什么好听的。问题不在这，关键是你得坐在这儿。临湖新区代表大会。代表两个字挺紧要。一个人能代表点什么，大小也就算个人物。人物无非是一个人加上一些东西。有了这些东西，人家就敬你信你听你。这一来，就可以有更多东西，就成了更大的人物。为了要成为更大的人物，比方说王卒那样，我就把自己往一张表上填，然后，这个这个，就坐到这里开会来了。我不喜欢填表。什么姓名性别籍贯出生年月之乎者也一大串，要一项一项填进一个个格格里。我说我只会写自己名字，其他不知道怎么写。她们很好，很漂亮也很热情。她们说那您就写个名，余下我们照您的简介填。表还没填，我就成了"您"。被她们称作您，是件开心的事情。

手机在震动。王卒的短信，就一个问号。我知道，他在催那块地。我回他一句：在开会，听您岳丈大人做报告。他回了五个字：这个老浑蛋。

老浑蛋是麦霸。话筒一到手就不想松，什么歌都要来一下。瞧他现在的样子，是不是把会场当成了歌厅？站在那里讲呀讲呀，真让人替他着急：讲着讲着，裤子掉下来怎么办？一个小时过去，两个小时过去，裤子还挂在身上，还不见掉下来。我相信，他肚子上系的，一定是根好皮带。正宗牛皮。哪一天，我要有机会站到那上面去讲——甭管讲什么，重要的是站到那上面去讲。就像眼下重要的是坐在这里听——那时候，顶要紧的一件事，是去买一根好皮带。绝不买假货。有一根好皮带，就可以做很长的报告。

窗子外面在下雨。羽叶栾，不知道谁取的名字。从这里看下去，向两边纷披的叶子，真的像羽毛。雨水在上面闪光，像野鸭子的背。想到野鸭，想到咪鸭子，想到鹭鸶和天鹅夫妇。想到韩菲，她说她不是吃的东西，也不是秦朝的死人。就拿起手机给她发信息：今晚到你那里。接着就把手机放在腿上，等她把那一带震动。他还在讲。他说过：那时候身上硬，政策比它还硬。如今政策软下来，那东西比政策还软。可惜呀，可惜！大概一个人下头不行了，就只有靠上头出气，就喜欢讲？韩菲回了信息，说不行，你这坏蛋。我说蛋保证是好的，不信就看。她说你真不是东西。反正没事干，就往手机上头多划了几个字：我当然不是东西，是人。不是好人，好像也不是什么坏人。跟这台上说话的人差不多。看着挺像那么回事的，外面穿着衣，里面怎么样谁知道。她没再说什么。我不等麦霸了，溜出来，去了她那里。她拿我没办法，其实也是拿自己没办法。她嚷道：神经病，你是我妹夫！她摇着我，叫我答应，这是最后一次。我也没办法。人变坏，变得不怎么像人，像东西，就是拿自己没办法。刘义兵是不是，我不知道。我是。没想到她会哭。我也不知道为什么，她一哭，我那地方就更来劲。可见坏事就坏在那地方。难怪电视里，皇帝要把那些人割掉。割掉那东西就好了。可是皇帝他老人家怎么不把自己也割掉？要怪只能怪皇帝。皇帝不是东西。一来二去，她又破涕为笑。笑比哭好。

　　吃晚饭的时候，她像在跟谁斗气。跟光头斗酒，跟红毛斗酒，跟李斯一起抽烟打哈哈。连牛胖子也不放过，显山露水地拿要紧的地方往他身上擦。好在胖子是木头做的。吃饭时他只顾往肚里填东西。吃完了去K歌，选了靠边的沙发往上一倒，头搁在李斯腿上，一会儿就唱起来。不用麦克风，用两只鼻孔，有时也用一下嘴：一会儿像旗子呼呼啦啦在飘。一会儿憋足劲在拔一个树根，连拔几下，猛地一下把它拔起。大伙儿都笑。李斯半拥着他：他不像别的人，他人好。刘义兵听不到，光头没有听，不知道她说给谁。光头和红毛嚷着要小姐。管小姐的妈咪问荤的素的，两个都说不吃素。那半老的女人一进来就是一股浓烈的香水味。一想到香味来自她，香味也变得恶心。歌厅里头挨卫生间有间小屋，除了一张大沙发，什么也没有。红毛和光头一个人搂一个，轮着往里头去。一去老半天。韩菲只顾拿着麦克风往下唱。还要了啤酒在喝，她不跟我唱《夫妻双双把家还》，也不唱《刘海砍樵》。原来都唱的。我唱《北国之春》，学蒋大为要死要活地喊：故乡啊故乡，我的姑娘可安宁？把她的眼泪喊了下来。她唱了那首《随风而逝》唱到美国去了，一个叫什么鲍鱼铁轮的。第一遍她没唱完，扔下话筒去了卫生间。她去卫生间，弄得旁边房间一阵乱。回来她又唱了一遍：

一个男人要走多少路才能称作男人？

一只白鸽要航过多少海洋才能在沙中沉睡？

那些炮弹要飞过多少次才能被禁止？

一座山要存在多久才能被洗入大海？

一些人要存在多久才能被允许自由？

一个人要转过多少次头假装他看不见？

一个人要抬几次头才能看到天空？

一个人要多少耳朵才能听到人们的哭声？

多少死亡才能让他知道太多的人已经死亡？

那时候我还不知道她会走。只觉得听起来怪不一样的。后来我也喜欢上这首歌。我喜欢把那些问号一句一句往天上喊。感觉也像孙猴子一样上了南天门。

王卒也在找韩菲。手机关机，住的地方没人。他说你们究竟在摆什么迷魂阵。他不相信我不知道。他眼睛里挂着问号，问韩菲，大概也在问那块地。

收到她一个短信，半夜发的：不要找我，我想换个地方过过。好好待我妹妹。电话打过去，也是女声：对不起，用户已关机。再后来是空号。

想起6657那个聋老头跟我说过的话。我想找到他。王卒也不知道他去了哪里。或许是另一个世界。

刘义兵从点将台栽下来之后，我去了一趟湖洲。我找到那个开船的哑巴。他送阿珍到湖洲上找过我。一看到我，他就哇哇叫。有烟有酒，叫他做什么，他都朝你嘎嘎笑。那台柴油机好像要代替他笑出个样子来。

码头上只有沙，沙堆上没有季节。湖洲上不是这样。草已经活了大半辈子，要赶在湖水漫上来之前，把一生要办的事情办完。蜂和蝴蝶，连一些果蝇也赶来帮忙。帮的是那件你和我都愿意做的事情。芦苇和藜蒿铆足了劲往上长，要在水淹之前把个子长起来。长起来也是为了扬花吐穗。还是离不了那事儿。雁子和天鹅开始往北飞。有好些草和鱼虾加入它们。有好多蛾子。看到鸟蛋上那些褐色斑点，就想起蛾子。有很多鸟，飞起来像雨云一样黑了天。鸟的叫声跟人不一样，人的声音只能贴着地面闹腾。你拿麦克风往上喊，顶多也就爬上一面水泥墙。要么就像挖沙船，拿了响声往下砸。哑巴的喊叫倒是有些像它们。一些鸟喜欢逆风飞起，再斜过翅膀弯向要去的地方。弄得天空也跟着倾斜。它们也喜欢做些出格的事。它们不喜欢一本正经。它们不会一条水泥路直直地走到底，还挂上红绿灯。它们宁愿在这里吃草，也不会跑去开会。它们不会。

没想到会看到这么多马陆，小蜈蚣虫一样的马陆。从晒干晒硬的泥滩，一直铺到我的小屋前，林子里。一张巨大的毯子，密密麻麻在动。从来没见过这么多马陆。它们从哪里来，挤到这里做什么？

开万人大会，还是两军对阵大会战？要不就是串联就是春运就是阅兵就是节庆就是朝圣就是晒谷子就是做广播体操。可它们不是。它们身子连着身子，背着扭着绞着缠着纠着盘着爬着滚着波浪着。没有声音，却又一片热闹繁忙。细看发现（这么多东西在涌细看可不容易），它们是在犯罪！流氓罪伤风感冒罪多吃多占违计罪渎神罪ISIS罪集体农庄罪第99条第1226条罪6657罪。我完全可以依法从它们上面踩过去踩过去杀一批关一批放一批。我没有。因为我也想成为它们的一员，也想跟着它们犯点罪。我尽量绕开它们。旁边三三两两，还有一些找不到下家的家伙。要么就比政策还软，上头有想法下头有办法。废物，没家伙的家伙。我绕不开，只能踩过去。我比朱元璋，比这个伟大那个伟大都要好。老马头说，朱元璋在山坡上放牛，敞开四肢躺在地上，把一根赶牛的鞭子横在头顶。路过的人看到"天"字，知道是天子，趴倒就拜。我说：他不是天，他下面不是还有一点吗？那一点哪去了？老马头笑作蛤蟆叫：下面的东西让他戴到头上去了。我不要做朱元璋，我宁愿躺成一个"太"字。

我爬上一棵树。树与树的枝丫，可以用手和脚连到一起。到那棵灯笼树，也就到了屋顶上。三妹子给的那块白铁皮，就在灯笼树下。它太寂寞了，脚一踩它就梆梆响。

屋里住着刺猬。小时候捉到刺猬，用盆子反扣在地上，上头还压上一块砖。第二天早晨起来，砖和盆子没动，刺猬不见了。奶奶说，刺猬是土地菩萨化身。得罪土地菩萨，将来就没有地方安身。我不在，这里成了土地庙。土地菩萨就住在床上。上面有芦苇花和叶子，还有一堆破棉絮。刺猬的想法很简单，有事就把身子卷起。椅子还在。椅子上有一只空蜗牛壳。把家丢在这里，蜗牛去了哪里？我坐在椅子上没动。刺猬散开身子，鼻子一动一动的。它应该知道，现在我们连人都吃，比如胞衣。土地菩萨也吃。

那时候还不知道，王卒会看上这地方。

来的时候，心里就闪了一下。踩到那块白铁皮时，想到过去种种。又想到三妹子不是刘义兵。当然也想到韩菲。想到三妹子就在心里说：去看看她。就像一个人念过中学，去看他的小学老师。等到从湖洲出来，到了哑巴的船上，就给他打手势：伸出一根手指头，伸出两个手指头，伸出三个手指头，做出男人站着拉尿的样子，摆摆手，再做出蹲着撒尿的姿势。哑巴一下全懂了，朝我嗷嗷叫。他知道三妹子在哪里。

三妹子那片湖汊，各家座船上头，都有一个发电的风轮在转。还有收电视的锅子，里面的电视台比城里还多。这个水上村庄有超市，有打麻将K歌的地方。有专门的船干这个。没想到还有学校。教室在船上。很大一只水泥船，像超市一样，胶合板钉起来的房子。我到这里的时候，学生在打篮球。当然是在水里。两根伸出水面的竹篙，中间用绳子牵着一只大铁圈，便是篮球架。相比陆地上的篮球架，它矮去大半截，进球圈却大了不少。圈大球进去容易。人在水里，动起来却比陆地上要难。

一个女子带着一群孩子在打球。我以为她是老师。她不是。不知道什么时候，船上的柴油机已经停下。随船带着的塑料袋已经摊开，里头有花生米和榨菜。哑巴拿着一只酒瓶在抿。这家伙，精灵着呢。我望着那个打球的女子，头发流着水，湿衣服把里面的东西弄得更诱人。她朝我砸过来一个球。才知道那是一个排球。排球当篮球打。这里不是岸上，不用这么多规矩。球在我手上。我举着不给她。她攀住船舷，把我拉下水。留下哑巴一个人在船上哇啦叫，一群孩子簇着我们在水里乱喊乱叫。水里跟岸上不一样。在岸上，你是这个是那个，不能这样，不能那样。到水里，这些统统可以丢掉。篮球可以不是篮球，排球也可以不是排球。你甚至可以不是人。岸上难办的事情，到这里变得容易。后来我就想，一个人只要不把自己当人看，下面的事情就好办。好些时候，人其实并不想做人。王卒他岳父甚至同王卒一起去K歌，一只手搂小姐一只手拿话筒。那时候他就只想当一个老浑蛋，不想当人。

水里的事情只有水知道。水里的事情不能拿到岸上说。

来看三妹子，没想到遇上她。她叫韩小冬，临湖市日报的记者，到这里拍江豚，住在这所水上学校里。那时候，我还没有意识到，韩小冬的韩与韩菲的韩是同一个字。我一向对字不怎么在意。除非是些数目字，代表钱。

没想到三妹子变得这样胖。刘义兵的事似乎没怎么影响她。大概她早已习惯没有他的日子。看到我，她粗声大笑，听起来像一只鹅。我的第一个想法是，这女人现在得交给牛胖子办理。我来看她，她好像所有的脂肪都点着了，直往我身上撞。我站了一会儿赶紧走人。哑巴朝我举起三个手指，连连摆手。接着又朝水上学校那边竖大拇指。

　　光头和红毛听我说过三妹子。知道我去了三妹子那里，红毛说怎么又跟她下水了。我说我看过一本连环画。七把叉小时候挨饿，什么都吃。后来给食品做广告，吃得人家眼馋。一个肥皂商试图证明他的肥皂干净得可以吃，想叫七把叉吃肥皂。七把叉回答：我现在不是什么都吃。两个人望着我，他们不知道那个女记者。

　　我把车停在工地的猪圈旁边，正把在我身上住了一晚的水往下丢。那里头有德国桶装啤酒，还有据说是来自昆仑山的矿泉水。反正它们都带上我的气味。不知道女人喜不喜欢，反正猪喜欢。吃猪肉的女人，等于吃了我的尿，哈哈。车喇叭在响。车门没锁。我收了工具，一边拉裤子一边往外走。脚下一闪，拉链也跟着一跳。

是韩小冬在捣蛋。上面一件运动衫，下面一条牛仔裤，不像来干正经事。我不喜欢正经。她转过身，朝我肚子下面一指，跟着就纵声大笑。低头一看，错开的拉链，宫门洞开。我说，真枪实弹的，你就不怕？她说我是纠察，专查军容军纪。

对于我，报纸一直是这样一种东西：除了在湖洲上，不管你在哪里，它都能找到你。给你说这个，给你说那个。叫你这样，叫你那样。在某些地方，比方在教室在号子里，还有人拿一张嘴把它往你耳朵里灌。我的脑袋生来就不是装这个的。夜壶不能用来装酒装香水。你从这边灌，它从那边出。它们与我，与光头红毛与牛胖子没有关系。它们来自别人的世界，说着那个世界的事情。现在从报纸那里跑来一个漂亮的女记者。就觉得，报纸也可以是一件好东西。她让我看登在上面的照片。有一张照片上有两匹江豚。是两匹，像一雄一雌两匹。它们在水里都干些什么？不用西装，连短裤都不用，赤条条光溜溜，在水里做什么都方便。什么报纸表格，什么桌子椅子，人要的东西，它们一件也不要。要做什么，就直接去做好了。一想到做人有这么多麻烦事，就恨不得马上跳到水里去当一条江豚，把韩小冬也拉上，叫她去当另一条江豚。可是不行，人在湖里用电打鱼，用迷魂阵捕鱼，江豚快要完蛋了。就因为这，韩小冬把它们登到报上。现在，她要把我也登到报上去。好像我也是一条江豚。

我们从码头开始。所有的沙子都是从这里出发。刘义兵的沙石公司倒了，王卒跟其他挖沙船商量，留下红毛和光头在这里维护秩序，另外加上一个牛胖子。牛胖子不再在家里打砖头，改到码头上打沙袋。打烂了换新的。谁想闹点事，看看牛胖子打过的沙袋，也就把声音放低做好地讲。我带韩小冬看他打过的沙袋，点将台上的板房，我睡过的床。她对那把没用上的弹簧刀很好奇。收起刀锋，刀把像一根女性用具。我咕咕笑。她问笑什么，我没说。我让她看那两只沙堆像什么。她歪着头看了看，说真像。她没说像什么。回过头，像韩菲一样，又想起骂我一句你不是好东西。

　　她要骑单车。我们顺着那条水泥路往前骑。轮番挥动的两条长腿，像分叉的杨树在风中乱晃。弄得人恨不得倒过头把水泥地当天空。难怪一前一后，那两个钢圈在闪闪放光。我要是它，我也会放光。我还会笑，会往上面吹口哨。就想起，穿牛仔裤的味道真好。这味道，在韩菲，在其他人那里都没有。

　　从码头上出去的沙子，和城里那边来的水泥碰到一起，就成了水泥地，成了楼房。红薯没有了，黑豆和玉米秆没有了，草堆不见了，十里坡长满了水泥墙。还记得那时候我跟王卒到十里坡。一抬头，从我以前坐拖拉机的地方，从城里那边，楼房像是排着队，正齐步朝这边走过来。你甚至感到，还有人在朝它们一二一一二一吹哨子。王卒身子一紧：赶紧把地弄到手！

先是阿珍家的地，爷爷奶奶的地。瘸腿的昭林种不了这么多地。地换成钱，他正好坐在家里吃。嘴巴边上，还可以时不时地叼上一根过滤嘴。没想到这家伙闲得发了疯。那天我去看草垛看阿珍，他用很高的声音在说话，跟墙上的相片说话。他叫那个人从相片里走下来，跟他喝一盅：做人不要这么认真，不要这么严肃，知道不！老这么站着，还抬着手，不累吗？来吧，过来喝一盅！喝了好好睡一觉。有女人跟女人睡。没女人枕头总有一个吧？相片上的人不理他。他很生气，在桌上捶了一下。酒盅跳下来，一下在地上逃散。他从来没叫我喝过酒。看到我，他总是歪着脖子。看到我，阿珍哭起来。她看到我喜欢哭。卖地的钱给她比给别人的要多。我自己还给了一些。我只能这样。

　　韩小冬停单车的地方，大致就是阿珍那块黑豆地。再过去一点，那里有过一个稻草堆。风曾经把它吹成一艘船。现在那里是小区的喷水池。水是有了，船不见了。水里头可以看到两个人的影子。一个是我，还有一个不是阿珍。风在两条人影上吹起波纹。她说：你们弄地，就没遇到过通常所说的钉子户？我说我就是治钉子户的。我说的不假，王卒就是看上我是本地人，就是看中了我的"光辉历程"。她笑。她说这叫以毒攻毒。我告诉她，村里有一个吸毒的烂子。一村人都怕他，让着他。征地？征地怎么有跟我说过！那模样，好像他吃了毒，他就成了村长村支书。可是我是谁？有我在这里，他起不了风浪。她问：最后呢？我说，最后他跑了，他家里的人把钱领走了。她加一句：最后我们骑单车到了这里。

单车停那里，牛仔裤和运动鞋继续往前。牛角田没有了，塘一丘也没有了。剪刀池，长满青草的大池塘。用线拴一块棉花，就可以钓上青蛙来。等到它明白过来，吐了棉花往下掉，伸过去的布袋已经在下面等着它。草滩上产仔的豺鱼见东西就咬。伸过去的棍子没咬断，动作快一点就可以连棍子带鱼一起拖上来。填上建筑垃圾和泥土，现在，这里是物业中心。砚瓦台，我爷爷的爷爷的时候，这里产石砚石瓦。后来，一个剃头匠用剃刀在脖子上抹了一刀，就埋在这里。他给我剃过头。死的时候喊人给他补刀。上学的时候，最怕的就是这里。现在这里是宾馆。三楼有娱乐场。坐台的小姐坐三轮车到这里，对蹬三轮的说：大哥，身上没钱，你摸我一把吧！蹬三轮的大哥傻了眼。红毛喊一声等一等就往那边奔。坐台小姐转身往楼上跑。红毛没追上，给了三轮车两块钱。这些，韩小冬不会往报上写。她说报纸有报纸的写法。

我到了报纸上。一个从来不看报的人，突然从报纸上看到他自己。因为那上面有自己，第一次拿了报纸认真来看。这时候，报纸好像也变得好看起来。难怪王卒他岳父老喜欢往报上登。登在报上给人看，有些像是穿了西装，穿上好看的裤子，站在台上给人看。看的只是衣服。

　　韩小冬写了一大堆。总算把它看下来。那上面写着我的名字。可他不是我。他甚至不是人，是别的东西。勤劳致富不是我，积极纳税不是我，立志回乡建设新农村也不是我。打拼？打人打过，找刘义兵拼命没拼成。浪子回头吗？浪子算一个没问题，只是我不知道什么才叫回头。一个人做坏事，做到一定时候，不知怎么就成了好人。韩小冬说报社事先给了一个框框，得把你往那里面装。反正又不是真的把你装进去。你还是你，该干吗干吗，该拆迁照样拆迁。吃饭喝酒玩女人，一样也不妨碍。我说那好。

看到报纸，韩菲叫了一声：天啊，你怎么认上她的！才知道韩小冬是她妹妹。她低着头，没有朝我望。后来回想到这一幕，我只能说有两种可能：要么她真的不知道，知道以后心里有很多滋味。不排除还有一种可能，她知道，按事先编排好的脚本，她有这么一句台词。有了后来那件事，我不能不想到这一层。王卒对我说：怎么，也知道往身上抹油漆了！他没有恶意。他希望我这么干。他还打电话给他岳父，叫他也去看那张报纸。牛胖子不爱说话，看到我，骂了一句：娘卖×的。我一听就知道，他知道了报纸上的事。他骂人并不是要骂你，是表扬你。他骂这句，相当于好，不错，很是好，光荣正确之类。哑巴一看到我，就朝我哇哇乱叫。一只手握成一个篮球圈，另一只手做投篮的样子。然后竖起大拇指，笑。我给他买了一瓶酒一条烟。红毛嘻嘻哈哈的：上了报，还跟我们一起嫖赌逍遥不？光头问了一个问题：假如她不是记者，假如你不是做房产有钱，会怎样？他说的，我也想过。我知道她不是阿珍，不是三妹子，也不是韩菲。我知道我们两个不能没有这两样东西。可是我又觉得，我们两个不止这两样，还有些别的。比方说，我们一起到水里打球。一般人不会一起到水里打球。打球也不会打成那样。我们身上有一些相通的东西。两个人都想鼓捣点什么，都不想太管束自己，都不肯安分。很多时候，我们一下就能懂得对方。

上报纸不久，我成了临湖新区的代表。他们要一个蹲过号子发家致富的人做代表。照临湖日报上的说法，我是。

十里坡成了十里街，王卒成了有名的大老板，我也成了报纸上的我。接下来，王卒是这样安排的：从我以前放牛的地方，村里的牛圈那儿架一座桥，过到那边的湖洲上去。他要在我的小屋那块高地上建一个休闲度假区。用他的话说，集餐饮住宿娱乐和户外休闲于一体。这一回，不只是盖房子，不是盖了房子给人家住。是自己建，建了自己到那里去当老板。挖沙船没法跟它比。挖沙不能挖一辈子，哪一天叫停就停了。它是一艘商业航母，永不会沉没。我当然知道，这东西一建，好多东西就没有了。不管是刺猬还是土地菩萨，还有那些马陆。江豚和天鹅大概也不会来了。这些我可以不管，我只要还有一条母马陆属于我。只要我跟那条母马陆过得好。大事情有大人物在管。

问题不在这里。问题在那儿的一个小山包，是我们这一族的祖坟山。就算祖坟山不动，也还是不行。牛姓的族谱上早就写得清清楚楚，这一带是牛姓的来脉。上了年纪的人都相信，在那里架桥修路什么的，就把牛家人的来脉给毁了。

王卒把上面的路走得差不多了，问我这边怎

样。他问过好几次。我说，办法有一个，先用炸药一顿炸了再说话。他不想这么干。

奶奶打我电话。她很少打电话。她说：你回来一下，快点。我来不及问，电话断了。我的第一个想法就是：坏了，爷爷不行了！我也不知道怎么就有这样的想法。爷爷八十多了。我每次回去，他都吧嗒着那根烟杆，偶尔说那么一句两句话。我以为他会一直在那里吧嗒他的烟杆。也想过有一天，他和奶奶会死。总以为那是在遥远的某一天。没想到手机一阵响，这一天就来了。

早就听奶奶说，他口里头烂。叫他上医院他不去。就算口腔癌，也没这么快呀！

到家一看，爷爷还坐在那里，手里拿着烟杆。屋里有好些人，在听爷爷说话。里头有老马头和村支书，还有个医生。没有我爸我妈。奶奶说，他们在路上。阿珍陪着奶奶在流泪。

爷爷吃了断肠草。毒性还没有发作。他抱定一死，当然不会洗胃什么的。叫医生来，是要一痛就给他打杜冷丁。他正在给自己安排后事。他不是一个喜欢说话的人。这时候还是有些话，不能不说：衣还是给我穿棉的。这个皮那个料，穿过去祖宗不认得。两只脚，就给我穿一双胶鞋。一辈子要走多少路，全是这双脚。打赤脚，草鞋布鞋胶鞋都穿过。还是胶鞋好。到那边，要过奈何桥，过这过那，有点雨水什么的，方便。皮鞋不能要，放牛犁田的人，不能把牛皮放到脚底下踩。千年屋是现存的。你来了正好——他用烟杆指指我：葬还得葬牧牛山那边。八十三，我不上祖坟山，还跟夜里埋的埋一起？先埋那里，哪天你们要修路，要砌房，再把那几坨骨头挖出来，想丢哪里就丢哪里！

爷爷望着我，其他人都把眼睛转向我。爷爷把话一转：我知道，这也不能怪你。现在是这样的时候。我怕有一天水泥把所有的地方全盖上。我先去抢一块地方。嘴里这东西是来报信给我的。该我吃的盐吃得差不多了。八十三，是走的时候了。没别的了，就一宗：爹疼满崽，爷疼长孙。长孙媳妇我是等不到了，到时候到坟头来放一挂鞭子，让我知道知道。

我心里怦的一动。我想到韩小冬，赶紧给她打电话。韩小冬在我父母和弟弟后面不久赶到。爷爷已经躺到奶奶和阿珍铺好的寿床上。断肠草在他的肚子里倒海翻江。打下去的杜冷丁，让他感觉不到下半截。剩下来的部分，开始进入临终的迷幻。他跟他的爷爷他的父亲，跟神鬼在一些。儿子儿媳叫他，他没多少反应。我牵着韩小冬进来。老马头告诉他：长孙媳妇来了。他突然打开眼睛。没想到他的眼睛这样亮。像一根蜡烛，燃到最后，剩下的蜡全化在那里，灯芯一下烧得很亮。

最后一眼，他看到了韩小冬。韩小冬甚至还叫了他一声爷爷。从他的眼睛看得出，他听到了。老马头帮他合上眼睛，说他可以瞑目了。

　　爷爷躺进那具好多年以前就准备好的棺材里。那时我跟爷爷奶奶一起生活。木匠把棺材打好以后，爷爷抬脚跨进去，在里头躺下来。他闭着眼，有好一阵没动也没声音，好像睡着了。我有些不能确定，不知道他是不是还活着。叫一声，他没应。我慌了，大叫一声。爷爷笑着慢慢把眼睛打开。我记得清楚，他像是从老远的地方走回来，慢慢醒过来的。木匠问他睡在里面怎么样。他说睡在里面好。大小长短合身，一睡就睡过去了。木匠就笑：幸得孙子在一边守着，叫你。要不，这一睡过去，回不来怎么办？爷爷望着我：知道惦记爷爷了，好家伙！爷爷平时不这样。这一天，他说了好些话。还有一具棺材，他叫奶奶也躺进去试试。奶奶说两具一个样，你试了行就行。奶奶不肯躺进去，说她要去烧饭炒菜。后来，这两具棺材一直靠墙放在楼上。里头放稻子，放豆子和红薯丝。一年一年把里面吃空，又一年一年往里面放。现在，爷爷吃完了该他吃的东西。给他擦洗身子时，他垂着头，歪向一边。他不再是那个拿着烟杆往外喷烟的人。刚才他还在说话。说自己的后事，像在说一个与自己毫不相干的人。老马头他们给他穿上他说的那些衣和鞋，把他放进棺材里。这次跟上次不一样。事先他已把要说的话说完，再不会起来说什么。

我望着这一切。我没有眼泪，自然也不会装出有泪的样子。我只是奇怪：一个人刚才还那样，怎么现在就这样了呢？

丧事跟地方上其他人的丧事一样。吃饭，喝酒，打牌，还请了一班道士吹吹打打。热闹的丧事，与爷爷无关。也与我无关。我跟父亲说了，钱由我出，其他事我不管。

王卒跟我去了一趟牧牛山。原想叫挖土机刨一个坑。他们说用不着。就一个人，把奶奶将来要睡的地方一起算上，也没有多大地方。几个人用锄头就行。挖土机那么大一个家伙，闹得祖宗不得安宁。王卒知道，我再也不会说要用炸药炸。

看了那个坑，连砌砖的地一起算上，用来装一个人的地方确实不大。想起爷爷这一生，先在湖边放牛，就在这一带山上湖滩上转来转去。后来族上跟异姓争湖洲打架。对方专门请了一个打架的师傅。爷爷十八岁才出头，拿一根削尖的楠竹杆，奔过去就把它扎在那个打架师傅的肚子上。那人一跳，还想耍一下武功。没想到肠子冒了出来。架就在那一根楠竹杆上成了定局。后来我跟人打架，出手又快又准，就是从爷爷那儿来的。因为打湖洲有功，族上给了他一块荒地。他一条短裤兜住下半身，每天都在那块地上垦荒，烧砖做瓦。直到有一天，那条短裤有些兜不住里头的东西。把尿屙了也不行。这时候就想起，除了给自己砌房子，还得给这件东西找一个住处。它不能光是待在一块粗棉布里头。他想了想，要有一个女人，先得有一头猪。他到镇上去买猪。一个女人抱了一头小猪在卖。他跟她谈好价，把猪买下。走的时候，女人问：猪买回去，谁给你养？他愣了一下，心想老子家里有地，怕什么！就说：要不，你给我去养？女人望着他，没有说什么。他把猪放回女人身上，把女人往肩上一扛。后来奶奶说，就是这一扛，让她死心贴地跟了他。还有一件事她和爷爷都没说，是老马头告诉我的。到了爷爷的地头，奶奶只看到茅棚，连猪圈都没有。奶奶开始唠唠叨叨。爷爷火了，弯起一条腿，将奶奶往上头一搁，就在屁股上捶了两坨。老马头说，人家服这个。从此你奶奶在你爷爷面前服服帖帖。

　　打下湖洲，开出一块荒地，分文不用扛回一个女人和一头猪。爷爷这一生，尤其是开头那段，比报纸电视加在一起还牛。到最后还不是锄头扒拉出来一块地。就觉得，好些事情，并不是我原来想的那样。

爷爷的葬礼，韩小冬成了最耀眼的主角。在死去的人眼里是，在活着人那里也是。我父母就不说了。他们好像忘了这是在办葬事，倒像是在迎儿媳妇。就发现，我和父亲之间原有的芥蒂一下没有了。父亲变得和善起来。我能感觉到，他不再拿一副严父的样子摆在我面前。他甘拜下风。至于母亲，除了在爷爷的灵柩前不得不收一收，她差不多一直在笑。韩小冬经常挽住我妈的手，两个人显得很亲密。穿一身休闲装，在送葬的人群中穿来穿去，韩小冬走到哪儿都显眼。人们说到她，少不了要说到我。说她漂亮，说她还是个记者。回过头来就说我有本事。有钱。钱就是本事。一些人不知道我在听。一些知道我会听到，还说。我尽量装得若无其事。可有时，不知不觉地脖子变得僵直，手也摆得变了调。我讨厌自己装模作样。可还是忍不住喜欢听人家说我，说韩小冬。他们不知不觉就做了啦啦队。晚上回到宾馆，我跟韩小冬做得很上劲。用不着愧疚，做这事爷爷不会反对。

一开始我没去注意阿珍，后来想起她。我瞄过几回，她一直把头低着，要不就别向一边。她不朝韩小冬看，也不朝我看。好像她得了雪盲症，韩小冬和我都太刺眼。那个叫草垛的孩子，总是拿一双眼睛朝你望着。我的另一双眼睛，被他拿了朝我望。每一次，我都不知道如何是好。不知道说什么，怎么说，不知道该怎样站在他面前。只好摆出随随便便的样子。我感觉，每次我出现在他面前，旁边总有一双眼睛在悄悄往这边看。我一动，那双眼睛马上逃回去。好像她从来没有朝这边望。最开心的要数昭林。不但有酒喝，还有人跟他喝，他不用到相片上去找人。

最奇怪的要数奶奶。爷爷一走，奶奶像丢了魂。那么爱说话的一个人，变得跟爷爷一样沉默寡言。连韩小冬，她也无动于衷。

办结婚证的事，一开始就不顺利。找到办证的地点，第一次去，那里没有人。韩小冬打电话找熟人，最后来了人。先得照相。半身照，当然是上半截。人家只管上半截。大概管住上半截，下半截听上半截的。两个人分开照的不行，得合起来照。其他地方照不行，要到定点相馆去照。快照快取得加钱。交上照片，接下来是证件。身份证我身上有，户口簿我妈妈早给我准备着。可是还得有户口所在居委会的证明，证明我何年何月何日生（身份证上有也得再证明一遍），证明我以前没结过婚，跟人家没有过草垛之类的孩子。那王八蛋坐在办公桌里边，眼睛只朝韩小冬看，对我摆出一副公事公办的样子。不就一张桌子一把椅子吗？叫我坐我还不坐！我把拳头捏在裤兜里。它打过好些人。我愿意出手揍他一顿，再出钱摆平。韩小冬示意我，不能打这个给我们办结婚证的人。居委会不认识我。我从劳动局跑出来，就没再来过。他们不知道你结没结过婚，生没生过孩子，自然不能给你作证。谁知道你是不是你，谁知道你都干了些什么？那东西就装在一层布里，拉链上连锁都有一把，拿出来三两分钟就完事，你说是不是？酒一喝就发现，这些人都是三百斤的野猪。一张嘴，能吃能喝也能说。喝了酒，证明书就能开了。双方肚里装着同样的酒和肉，算是知己。

还有一样，婚前未孕证明。下半截，就管到这儿。这事不归我。韩小冬有她的办法。她没把肚子摆出来给人看，就把证明弄到手。

再去，人家开会。再去之后再去，有两个红本本，有一枚钢印压在两个人的照片上。两个人本来就挨着，就在同一张照片上。还得压上钢印。那意思，从此你就得老老实实待在里头。有这么一件东西，感觉就像拿了粮本本，定时定量按月吃粮。好像这样一来，下半截的生活就有了保障。

一个人手上一个本本。你在自己家里做这事，得有一个本本来批准你。那天晚上还喝了酒。我看着我的身子在做着以前做过的事情。有些像做操，像原地踏步。我在那一头做着这些，却在这一头冷静地看着。找不到船上，荒山野岭的味道。连那天晚上在宾馆里的感觉都找不到。就想起，鸟儿它不能关在笼子里。鸟儿关进笼子里，它还有什么心思唱歌呢？这不是吃口粮，不是写作业。在湖里头，一层湿布弄得我晨昏颠倒。现在，她把一切全摆在浴缸里。浴缸没法让我像在湖里一样。不知道爷爷把奶奶扛回来之后怎么样。好像是王卒他岳父说的：偷情，味道就在那个偷字上面。老浑蛋，其实并不浑。我怎么办呢？还能怎么办呢？顶多也就像老浑蛋那样。只要你肯做浑蛋，日子会过得容易一些。好在我从来就不是什么好人。

还以为结婚就是弄一个地方来做那件事情。到
后来就发现，弄这样一个地方，远比做那件事情重
要。做那件事情容易。弄那样一个地方就不同了。
我在盖房子，弄一套房子不难。要把它弄成他们所
说的房子，也就是家，不知道有多难。家原来是
要弄一大堆麻烦塞到房子里头。等到住进去，才发
现，住在里头的日子，尽是麻烦。回来是问题，不
回来是问题，什么时候回来是问题，床单是问题，
拖鞋拖把是问题，钥匙本来不是问题钥匙被锁在门
里就成了问题，没钱是问题钱怎么算算来算去也是
问题，说话是问题不说话也是问题，手机是问题，
某一天某一个时候在某一个地点你说不清楚就是问
题，两三天待在一起你望着我我望着你是问题，两
三天不在一起是问题你不望我我不望你是问题，事

多是问题，没事做是问题，咀嚼是问题，你正在做事时放一个屁也是问题，韩非和韩菲是问题，连你的奶奶连红毛光头都会成为问题。就发现两个人都是超级大国，你是苏修，我就是美帝。你做初一，我做十五，胡萝卜做早餐大棒做晚餐。什么原子弹鸡蛋，拳头弹簧刀一件也用不上。有一次，我忍不住揍了一拳。揍过之后发现，我揍的是电梯。后来好多天，电梯都在我手上痛。就想，我又不办报，家里要个女记者做什么？要在家里睡觉，还不如一个人，跟枕头睡跟被子睡。要在家里吃饭，还不如阿珍。要想传宗接代，还不如草垛。要有个住的地方，还不如弄一只三妹子那样的船。要做那件事，还不如跑到外面去。还不如野外架导弹，地对空，空对地都行。惊动了刺猬，惊动了树上的鸟。过后知道是坟地，就说一声对不起，眼下这事儿正轮到我们。哪一天轮到我们睡这里，别人来做事，我们不生气。就想起，这个人，你不止一次进到她里面，上半截其实一点也不了解。上半截很重要，要不打钢印怎么打那里。

大概她也像我一样烦。有一天，她提出来去美国。美国就在一只篮球的那一边。到那里，可以把白天夜晚换一下。烦了，换一下会好些。想起那次骑单车，就想把身子倒过来。到那边倒一倒，看能不能把那辆单车倒回来。

没想到奶奶会走。爷爷走了不到一年，也没见生什么病，什么事都没有，说走就走了。

那一段时间，牧牛山朝向西南的那面山坡上，砖砌的两个坟洞，一个被爷爷填上，还有一个空着。像一个人睁一只眼闭一只眼卧在那里。那样子，像在瞄准。得等另一个把那边填上，两只眼睛才会全闭上。

奶奶懂得这一层。她信爷爷的话：再不去，就要烧成灰。盛在一只盒子里，这里摆那里放。她没得罪过土地爷，那边有一处地方等着她。她去了。

韩小冬没等奶奶上山。我也没让她等。她按原定的时间去美国。我只能改时间。她来过两次电话。在那边的早晨，可以听到这边的傍晚，送葬的爆竹和唢呐。她说，那边遇上次贷危机，房价正低。说到次贷危机时，她用了一下英语，又翻译成这边的话。她的意思，趁便宜买一套。我说我连一句英语都不会，还能上那边去住？她说住不住再说。不住将来再卖掉。我说不要弄得没饭吃就行。她还笑了笑。

在这边弄来弄去，两个月以后才往美国去。

二十四个小时，白天黑夜颠来倒去，感觉就像在穿一条隧道。小时候，穿过十里坡的防空洞。塌下来的地方是白天，没塌的是黑夜。挖防空洞是要防美帝防苏修。没想到它通美国。我的座位两边，一边一个美国女人。靠窗是一个金发女子，货真价实不是冒牌。左边年纪稍大，有一张中国人的脸，会说中国话，也是美国人。她偶尔跟我说两句，多半是越过我的领空跟右边说话。英语满天飞。右边那个不能跟我说什么，有时也会望我笑一笑。一眼就知道，是个漂亮女人。打开眼睛闭上眼睛，她都在眼前晃。突然就冒出一个想法：将来要是跟韩小冬不行了，就找这样一个女人。就找她。不管英语汉语，做那事都一样。来之前王卒请吃饭。王卒说，不管哪种语言，叫妈妈的声音都差不多。人生下来，肚子饿了，叫出来就那个声音。他说的不假。叫小孩子吃奶吃饭，就叫吃妈妈。吃不用翻译。还有一件事，叫起来也一样，用不着翻译。有这两件事，两头全有了，不就够了！想到这，就想起我爷爷，想起爷爷的葬礼。要是右手边的金发女人，爷爷会怎样？其他人会怎样？想到这，我笑了。好像韩小冬真的换成身边这一个。鬼使神差，那女人比画着要跟我换座位。她坐热的那一块到了我屁股底下。我供热供电把它加热。我留在座位上的热量，到她那儿会怎样？这事儿没法问。送餐的来了，我要了一小瓶洋酒。洋酒的味道就是不一样。

　　美国就这样不分白天黑夜来了。两个女人走美国人的通道。我们要排很长的队。好几排长队，一路排过来。有这么多人穿过隧道到美国来。每个人手上都有一本护照，上头盖着印。还有别的资料。美国也一样，它需要一些别的东西来给你作证。证明你是你不是别的东西，证明你不会赖着不走。好不容易轮到我去向它证明我。一个红头发的小伙子，不是红毛那种。他在说什么，我一句也听不懂。反正不是吃，也不是那事儿。我有些慌。一慌就用起青龙咀那边的话。那是我爷爷我奶奶说过的话。我的话他也听不懂。他朝我摆手示意，我听到一个字：NO！

　　美国海关拒绝我入境。我不知道什么原因。签证和入境资料都是韩小冬给我弄的。一开始，电话连不上。后来连上了，说话的是一个男人，用英语。号码没错。我说找韩小冬，对方听不懂。他说的，我当然也不懂。一个字都听不懂。我说操，他也听不懂。我大叫，警察不让。好不容易来了一个可以跟我说话的。才知道入境资料有问题，只能坐飞机飞回去。那哥们不错。一百多年以前，他先人过来挖金矿，不知道怎么入的境。他拿我的钱帮我买了机票，指给我坐在哪里等飞机。

花二十四小时飞过来，就为了听一个男人在电话里给你说英语。然后从这里飞回去。她知道我不懂英语。她也知道，最终我会明白。她干吗要让我跑这一趟？她干吗不自己接电话？哪怕用英语来一句拜拜！

除了愤怒，我一点办法也没有。以前遇到什么，就想到拳头，要不就是刀子。现在知道，不管长在身上的拳头，还是那把弹簧刀，一点用处都没有。刀子还在中国，连飞机都上不了。拳头是带了，只能自己揍自己，好让你明白这是真的。突然想起，难怪一些人要用自己的身体当炸弹，把自己和别的人一起炸响。因为他们愤怒，因为他们一点办法都没有。我不会去炸那些不相干的人。相干的人呢？也只能算了，那样一钱不值。

这件事改变了我。什么情呀爱呀，一想到那两个字就恶心。什么结婚证，钢印，排球，统统靠不住。我不知道，这个世界里还有什么是真的。奶子是真的吗？屁股是真的吗？它们早就连着胞衣，连着土地爷一起被吃掉。真有一个韩小冬？她真的跟韩菲是姐妹？连韩菲都是问题：韩菲还是韩非？非就是没有。人是假的。签证是假的。存折是假的，一会儿几千万，一会儿一个〇。还有什么是真的？我爷爷我奶奶应该是真的。要不怎么会有我父亲，怎么会有我？我要是消失了，就难说了。一个人要从这个世界里消失，其实很容易。马陆和刺猬也是。水泥地会留得久一些，可它说明不了什么。

就想起那首歌。韩菲或是韩非唱过的歌。那首美国歌，早就在等着我。后面其实还有几句：

答案，我的朋友
是在风中吹舞
答案是在风中吹舞

风在草叶上，在水波上，在飞起的沙尘上。人们看到，就说那是风。谁知道风是什么。

王卒知道了这件事。他说没关系，我们把那块地拿下来，还是一样的。他说的是钱。

在这件事情上，爷爷奶奶去世，对于我来说，其实是少了一项顾忌。除了祖坟山不动，还有什么不能做呢？村支书吗？他满崽已经吸上毒。给那龟儿子一点毒资，他儿子就可以收拾他。动都不用我动一下。老马头？找他喝一次酒就行。有酒就是兄弟。他会说，老弟你现在是屁股上画眉毛，面子大。他会说，揪掉我的脑袋，也不会去扯你的毛。你的毛你留着，要扯让哪个小娘们去扯去。昭林就不说了，要他哭要他笑都行。还有一些婆婆老头，没有我爷爷来领头，他们做得了什么？至于那些刚出道的二流子，想跟我当学徒我还不想收。王卒看得清楚，这地头上的事情只要我动了，就不用他担心。至于钱，做这个行当做出道道来，来钱并不难。

我算了算，除掉跑掉的那一大坨，这里那里零零散散加到一起，也还有百把万。还有一套房子。跟那个美国人住过的房子，我不想留。里头的东西，我跟光头和红毛扫过一遍。就像割肿瘤一样，我得把她从我这里切除。以前不会这样想，现在觉得，有这些钱也够了。要那么些做什么？我不想去美国，也不想再去触碰那些风中的东西。我看到工地上的塔吊，一层一层把自己装上去，装得比楼还高。

手伸得老长，一副要揍人的样子，其实是在抓东西。抓到手的东西，又有几样是自己的？到后头，还得一层一层把自己拆下来。我就是那座塔吊。

　　我关了机，在我以前放牛的地方晃荡。细雨模糊了那些树和水中的影子。你不大分得清哪是天，哪是地。浪涌到岸边，岸又一次次把它们退回。真不知道这样一次次往上爬，有什么用。那是风。风要这样，它们有什么办法！远处船上的光，还以为是萤火。他娘的，发光的萤火，其实是一只色情的屁股。把一根东西插在里面，就觉得世界好美好。突然发现，那牛鸡巴"美好"找不到落脚的地方。红毛找到我。他说王卒叫你去。还有王卒他岳老子叫你去开会。一直是这样，总有那么一个人，叫你这样叫你那样。一会儿号子，一会儿码头，一会儿排球篮球，等下又是牛总牛代表。包括你姓什么，叫什么，都不是你说了算。这一回，老子谁也不听。老子自己来。

可是，我去做什么？我到哪里去？

尾声

　　从戒毒所出来，我什么都不是。不是牛总，也不是坐在那里开会的牛代表。没有离婚，可我已经不是谁的丈夫。有一个儿子，却没有当他的爸爸。孙子不用当了，儿子也懒得去做。剩下来就只有我自己。可是我是什么呢？是的，我姓牛。这是早在我出生之前，从我父亲从我爷爷那里开始，就已经注定了的。牛字后面还有两个字，我爷爷找一个算八字的老头给取的。念书的时候发奖状，用的是这三个字。后来关这里关那里，也是这三个字。当代表是，吸毒也是。有一段时间，这三个字后边加了些别的字，因此有了不少东西。现在这些统统没有了，只剩这三个字。韩小冬走后余下的那些钱没了，连爷爷奶奶留下的房子也没有了。出来的时候，他们让我往一张纸上签字。我没有看那上面写些什么。看也没用。签在那上面的，就是那三个字：牛立人。

出戒毒所，感觉只是把头上那层水泥揭了。路面上和码在路两边的房子，全是水泥。村子没有了，泥巴路没有了，草垛没有了，红薯和豆子没有了。什么也没有，我往哪里去？

我没想往王卒那里去。那时候王卒到处找我，只觉得厌了倦了，关了机，窝在宾馆的房子里。他越找，我越烦。我宁愿窝在那里，自己烦自己。就像一只烟头，冒火冒烟，只烧它自己。后来有人敲门。响声在门下方，知道是光头。他总是用脚。我心情好的时候，他会砸得响一些。现在只是敲。我像笼子里的老虎嗥了一下。外面说：开门嘛，我们又不是王卒。我开了门。开门的结果，我跟红毛和光头一起去了一处歌舞厅。说是散散心。

　　一种颜色很漂亮的丸子，漂亮得叫人想吃。吃了摇头。摇头比点头哈腰好。中国人可以说不。他们在摇在喊，看着很过瘾。我吃了，我没事。我坐在那里。事情是从一张桌子开始的。桌子的一条边在扭动，想从桌子上爬走。它一动，其他的边线跟着动。到后来，倒像是桌子要从边线中逃走。它不要四肢着地趴在那里，不要做一张桌子。桌子不要做桌子，椅子也不要做椅子。世界在一张椅子上面，就是屁股，屁股。椅子很愤怒。椅子有四条腿。椅子跟着桌子在爬在跑。墙壁在逃离。窗子穿过天空，越墙而去。世界突然倒过来。热水瓶和抽水马桶，代替天上的老爷子。女人穿着风，两条腿在追赶裙子。我什么都可以不是。我宁愿做一条狗。一头畜生从天上爬过。有很多叫声。屙下来的东西纷纷砸向天空。世界好像变了，白天是黑夜，黑夜是白天。我们的眼睛里同时住着黑和白。黑暗的黑，白粉的白。

后来就到了戒毒所。一切都用墙装上。原先的快活，要用痛苦抵消。那么多快活加在一起，足以让一头牛死伤好几回。

你可以说，离开王卒以后，就成了这样。可是我知道，刘义兵之后，日子就是从王卒那里来的。我不想再回到那里去。王卒那里我不想去，阿珍那里我不能去。一个男人不能光凭一杆枪，带着一张嘴往女人那里去。男人他不能让女人来喂。男人生来就是喂女人的，两头都喂。老马头那里倒是可以去一去。可以用拳头去捶他的门。捶一下，就叫他从床上跳起来。他不跳起来，就去牛圈杀他的牛。杀一条不够，就杀两条。让他叫我作祖宗。去他的牛圈看过，那里还有几条牛。牛好像知道，在里面出粗气。暗处有一条狗。听猖猖声就知道，它不是那种好叫的狗，它把身子绷得很紧。我知道这种狗，说不定就窜过来一下咬住你的脚。它要窜出来，我就拧断它的脖子。它闻得出来，我不是好惹的。我一拳打在老马头的门上。老马头一下从床上跳起来：我的小祖宗，是你吗？还没动他的牛，就在叫祖宗。我没有吭声。我听到鞋在地上趿拉着响。我不会在这里久待。我会找他要一点东西。

我在戒毒所的时候，王卒笼络到一帮年轻人。支书的儿子是他们的头。他们要把湖边的山卖给王卒。那地方是马牛二姓的地脉。上了年纪的人不想卖。他们找支书：你是支书又是儿子的爹，你得想法子。支书摊开两只手：我是支书没错，可人家现在是支书的爹——他才是爹！

现在我回来了，他们望着我。我要是还向着王卒，他们就没什么好望的了。

我去找王卒，他打发一个人出来见我。说是副总。我当然知道，在这里只有老总才是人。加一个副字，顶多也就一条狗。狗离人近，就像副总离王总一样。就在我坐过的办公室，连桌子椅子都没换。他把桌子调了一下方向，朝门口坐着。庙里的菩萨才这么坐。我可不是来上香的。我坐在这里，多半把脚架在桌子上。他摆上两只手，桌子上面居然还有几张字纸。他穿西装，还扎一条领带。不知道那根带花的红领带是不是假货。假如它质量足够好，我可以把它拎起来，挂到什么东西上。他在那根领带上面对我说：

找王总有事吗？他不在，跟我说一样。

他不是牛胖子。对一件衣架子动手没什么意思。我说我在这里坐过，想找一样东西。力气还在。我一下把那张桌子搬起来，摆到原来的地方。接下来是椅子。我朝椅子走去。他不笨，识趣地让到一边。椅子不像桌子，椅子下面装着轮子。你往哪边推，它就往哪边转。我看了他一眼，原来他是睐子眼。我不跟睐子眼说话。

水泥路上，车在跑人在走。可这一切像电视片，走着走着就断了线。我捶了捶脑袋，它们又走起来。车在跑，一只轮子突然跑脱了，跟在后面滚。我知道，嘴上戒掉的东西，身子里面还有。我喊了一声。轮子追上车，照样在车子底下转。王卒以为我要回来做一只轮子。他错了。我只想告诉他，我要到湖洲上去住。

　　老马头请我喝酒。我想喝酒想打架想操女人。我心里老有东西在爬，沿着血沿着神经在爬。酒从喉咙下去，贴着皮肤在爬。爬到脸上，爬到手上，爬到头皮上。它到不了那么深的地方，可它在挠着。隔靴挠痒，总归在挠。老马头想知道，我找王卒做什么。他一边喝酒，一边跟我说女人。他说那些屄子，屁股一翘，我就知道他们要射尿。祖宗的地卖光了，也要到城里去撒尿！城里有什么好家什？车是公交车，厕所是公共厕所。他说湖里倒是有一个黄头发。他一看到黄头发就想骂娘。后来才知道，那不是冒牌货。外国来的娘们，弓着屁股，说是看鸟！天啊，那屁股！我不行了，想撒尿，也只能一点一滴往下数。你行呀！她不是要看鸟吗？让她看看，让她看看……我说我是要到湖洲上去。他说好。我亮出一只手，那上头有五个手指。他问什么。我说五万。他说你要钱还不容易？往王卒那里一坐，钱多得烧腰。我说我要你的钱。还不了，等你死了，烧纸给你。他问：王卒那里不去了？我说我不能待这边，怕断了的东西又接上。他一笑：只要死了还有一块地方烧纸，这钱不用还！我就在你爷爷身边刨一个坑。要是你爷爷都待不下了，我就认了。我笑了一下。他把桌子一拍：喝酒！

他又在说那个女人。花白胡子沾着酒，一颤一颤的。刚才是黄头发，现在成了红毛。我说红毛和光头都在牢里。他说你那个红毛除了贩毒有卵用！我这个红毛要屁股有屁股，要奶子有奶子。有屁股还有腰身！说到屁股和腰身，我们连干两杯。他说他不行了。舌头像趿拉着拖鞋，走不利索。不行了还在说，说你爷爷不在了，就剩下我们兄弟俩。兄弟我有想法冇办法。你牛皇帝大大的……我把桌子一拍：老子不管外国不外国！老子连肥皂都吃！

我得往湖洲上去。我看不得楼，一看就感到自己趴下成了一条狗。一路码上去的房子斜起身，随时都会朝狗打过来。我听不得喇叭。它只要叫一下，再叫一下，就会拽住你的神经两头拉。它们总是叫一下再叫一下。才想睡一下，就被它撕得稀烂。我看不得汽车跑，不是自己跑散了，就是旁的东西跑到它那里。只要汽车在跑，世界就没有安稳的时候。有枪有坦克都不行。我也不喜欢水泥地。白光光的水泥地，没有阴影。阴影都到了我的身子里面，闹得我想喊想叫想打架想强奸想把楼房和城市一起谋杀。

我找到开船的哑巴。哑巴很高兴。哑巴哇哇叫，一会儿握出一只酒瓶做出吃酒的样子，一会儿把两只拳头抱在胸脯上，一闪一闪地动。我笑，他也笑。他笑起来也是哇哇叫。世界对他很简单，要么是一只酒瓶，要么是女人两边的胸。我有五万块钱。五万块钱其实可以买不少东西。我给他买了酒，把其他要买的东西写在纸上，交给他。哑巴认得几个字，不认得也会拿去问别人。没有人会骗他。骗他，他回过头要找人拼命。挣钱的人不喜欢跟哑巴拼命。哑巴聪明，他会告诉人家，买这些东西的人是谁。他只要举一下拳头，再举一下大拇指，人家就知道是谁。人家还会给他烟抽。不给他烟抽他会不高兴，会往地上吐口水，会把大拇指捏进拳头往自己身上捶。人家喜欢看他生气，看他笑。他生气和笑都是哇哇叫。

　　水泥路一直通到湖边。以前是泥巴路，蚂蚁和马陆用很多脚，牛用四只脚，人用两只脚在上面走。后来成了水泥地，来来去去，就是轮子在滚。

要么四个轮子，要么两个。现在我用两只脚在上面走。运动鞋不像拖鞋，一下一下很干脆。看到爷爷奶奶的坟，像两只闭上的眼睛。旁边刨了一个坑，知道是老马头。王卒应该知道。我去找过他。他至少知道，我回来了。他不是刘义兵，他会不知道？他要不知道，我会有办法告诉他。

湖洲上的房子还在。还有人在这里住过。一只纸盒子，还有一些纸，放在火塘边，引火用的。上面是些外文字。真有黄头发？

原来的白铁皮现在成了黑铁皮，拆下来先放一边。砌墙的石块照样砌墙，拆下的木料只能当柴烧。这次砌房跟上次不一样，有哑巴，后来又加了一个砌匠。房子比原来高，加了架空层。平时里头可以放些木柴什么的。水泥在架空层，在石头的缝隙中。水泥在这里不讨嫌。

除了火房和睡房，比原来多了一个间睡房。哑巴把头歪在一只手掌上面，他想要一间睡觉的房。多一个哑巴当然好。我那间睡房，打开门，整个就是一张大床。连鞋子也只能搁在门外边。我没有多想，只觉得活动多在门外面，要么是火房，睡觉的地方就只睡觉，不如睡得宽展些。就弄了些方木，让砌匠把两头砌进墙。砌匠砌的时候就笑：这下好了，进门等于上床。我想到三妹子，想到阿珍，眼下再没别的人好想。老马头说的黄头发，我没见过，不知道怎样去想。我说：哪个肯进门，就怨不得人了。哑巴像喝多了酒，一会儿看看他那间，一会儿看看这边，哇哇乱叫。睡在这里，可以把手和脚打得很开。我喜欢这样。

王卒应该知道。我爷爷那时候的地头，打过架杀过人的地方。我把房子砌得很牢，石头，水泥，还加了钢筋。我不是泥做的火烧的。

老马头没有说瞎话，还真有黄头发。一男一女，只是黄头发已经变灰，算得上老头老太了。老马头说得那样上劲，大概把我想得跟他一样大。我愿意跟他们一起。你望着他们，他们朝你一笑，你就觉得愿意。有很多人，他们长得跟你一样，他们离你近，可是你不愿意。两人会一些简单的中国话。知道房子是我的，知道我现在要到这里住，他们觉得很自然，就跟他们到这里拍鸟一样。看到我的睡房，女的一下叫起来。男的竖起大拇指说伟大。伟大不一定写在纸上，伟大可以是一张床。男的说，睡这里不是孙子，是老子。女的指着我叫唆螺，还玛丽亚玛丽亚地叫。我不知道她叫玛丽亚做什么，不知道她是不是要吃唆螺。湖滩上有很多螺蛳，我愿意为他们下水去摸。因为他们看到房子，一下就懂了。懂得比哑巴还多。他们不要吃唆螺。我让他们睡我的睡房。我睡哑巴那间，哑巴睡船上。女的高兴得哇哇叫。哑巴跟着叫。我说哑巴会外语。他们说他的外语比他们好。

老马头和支书来找我的时候，那两个坐哑巴的船进芦苇荡去了。老马头说，王卒弄了好几辆平板车，一辆车上一台挖土机，一台挖土机上一个本地烂子，领头的是支书的儿子。那么多车拖着一路灰，开到牧牛山去了。再不去就迟了！我望了望老马头旁边那个人：你不是支书吗！老马头说：他这人说起来又是支书又是爹，其实夜壶一只——泥做的，火烧的，卵用！我看着他的白头发和皱纹，他不敢朝我看。那只拿话筒做报告的手，如今拿一棵烟都在发弹。我说，我去会会你儿子。他脱口而出：给我打死那狗日的！临到上船，他又把我拉到一边，嘴张了几下才把话说出来：你给我打断他一条腿。断一条腿，我抬他到戒毒所去。说完就流泪，鼻子抽得呼呼响。人一老就喜欢流泪。眼泪没有用，加上鼻涕也不行。

我先找牛胖子。我不想要他帮我，只是不想他来掺乎这边的事。牛胖子住在下河街的小区里。小区的人说，他窝在家里差不多一年了。从那个叫李斯的女人不跟他好以后，他就没下过楼。要买吃的，就用绳子从窗户里吊一只篮子下来。钱在篮子里。下面的店家拿了钱，把东西放篮子里。他跟外面的联系就这只篮子。我想跟他说一句，其实他可以到湖那边去住。我没能敲开他的门。

我没有径直去找支书家那个报应。我先逮了一个小马仔，在他们常去的酒吧等着。睡过中午之后，他们大半从这里开始他们的一天。烂子陆陆续续来，来一个我逮一个，叫他喝酒。没有人不知道我是谁。我打过局长打过警察，我吃过毒坐过牢。我的经历足以让他们五体投地。我叫喝酒，又不是叫他们喝农药，他们还有什么话说？三下两下就把自己灌得歪歪倒倒。支书的儿子，他们叫他"政委"。他大概以为当政委就是披一件西装，摇摇摆摆走路。我摸了一瓶酒，往桌上一顿：给老子喝酒！装啤酒的杯子，一瓶白酒做两下分了。一扬手，我把其中的一杯倒进喉咙，拿眼睛望住他。他朝两边看了看。两边的人现在都拿眼睛看我。他知道，他得喝下那杯酒。空肠空肚，半斤酒下去，吸毒的身子扛不住，哆嗦一下，西装先从肩头滑下去，人跟着泻到桌子底下。我从衣领那儿拎住他。那样子，里头全散了架，只有皮和筋还连着。像拎一挂东西，我把他拎到椅子上。他还不服气。嘴在不干不净地动。我没理他。我叫老板弄点黄牯鱼，要活的，上火锅。

老板拿给我看，确实是活的，鼓着肚子，在咂嘴。我拣了条大的。掐住鱼身，前面两根长刺一下挺起，带着有毒的锯齿。我不说话。我用黄牯鱼刺扎他的嘴。他不骂了，他发出杀猪一样的叫声。他叫我爹，叫我做爷。他的嘴肿起来。他用手摸，我扎他的手。我说我不想当支书，也不想当支书的爹。你爹叫我打断一条腿。腿不打断，手总得痛痛吧？做坏事多半用手！他是头，我需要他们的头叫给他们看。他们看到了。

支书的儿子进了戒毒所。先前帮着王卒押车的人，现在反过来阻止挖土机。王卒会怎样？动用武力，强行开工？或许他会来找我。要找他得到湖洲上来找，我等着。

　　柴油机在突突响，在冒烟。柴油机一停，湖就宽了很多。一些挖沙船在响，给湖框了一道边。湖洲上，青帆草藜蒿和芦苇侧向两边，让出一条路通往中间的高地。王卒要找我，只能到这里来。灯笼树下面站的不是两个人，是三个。难怪哑巴举起三个指头朝我叫。老马头说的不假，是有一个黄头发。太阳光落到上面，就像一棵烟，从一头把她点燃了，另一头就等着你把她含在嘴里。新麻布袋那种黄。短头发，就那么从头顶分向两边。感觉得到，是个漂亮娘们。拥抱真好，可以这样通向她。

第三个，我抱到的是柔软。很想还做点什么。可是，我不能像对阿珍那样对她，也不能像对三妹子那样对她。我不能。她的黄头发扫过我的脸。我闻到野藜蒿一样的气息。

她就是玛丽亚，前一阵去了纽约和北京。才知道唆螺也是人，一个住在湖边的人。他没有来，他们管我叫唆螺。我说我不叫唆螺，我是牛立人。她说她很赞成。她问牛立人是不是骑牛背的人，是不是牛仔。我说我放过牛。她跟那两个一样，管那边叫湖，管这里叫湿地。后来，我也跟着叫湿地。我说，你是全世界人民的湿地。那是后来。

这天晚上，两个年纪大的睡哑巴那间房。他们叫玛丽亚睡我那间，她说她喜欢这间。她问我睡哪里。我心里一动。我说我睡火房。

火房里没火。火房里的火都到了我身上在烧。我尽量不往那边想。我还是想到那扇窗。月亮从那里进来，刚好在胯打开的地方。月亮照在那个湖汊里，有一处地方举作一朵蘑菇一样。她跟我一般高。不想也知道，月亮照着的那一带正好适合蘑菇生长。身上一些东西被唤醒。我开始怀念摇头丸，怀念它身上的颜色。我愿意做一条狗。狗可以不穿衣。狗可以在地上爬。我要在饭里水里都放上那东西。那两个爬不爬我不管，我只要她跟我一起爬。我要拖着她的头发爬要骑牛骑马当牛当马要放火要把自己发射出去……

　　白天还是在那个夜晚后面醒着。晚上，我曾爬到她窗口。白天，我不敢朝她的黄头发多看一眼。

　　白天，为了做成一个人，我得努力往湖那边去想。想湖那边的事情。王卒没有来找我。老马头也没来。打发哑巴过去看，回来他跟我说那些挖土机，做成睡觉的样子。拖拉机在睡觉。王卒就这样善罢甘休？王卒卖的什么药？

我不能去找王卒。不能去打架。不能像柴油机，又响又冒烟。她会把人点着，我不能在她身边待着。我去摸鱼。摸鱼的人有些像畜生在爬。我弄了一根分叉的柳条，梢头叼在嘴上，像是拖着绚的牛。可是一头牛，只要是母牛它就会去爬。它不会去管那是国外进口的牛，还是国产的牛。挣断绚也会去爬。何况这条母牛还会跟着你……

　　我在水浅一些的地方踩出一行脚印。浅滩的太阳多一些，一些鱼游到这里来。一有动静，就躲到脚印里。循着脚印去摸，不时就有鱼窜到柳条上。从声音里听得出来，她很惊奇。她学着去摸。鱼撞到脚上，她惊叫一声，摸到的是自己的脚。悬在那里的胸，看着有些怪怪的。一边的胸像是跑到另一边那里。屁股真好，比母牛还要母牛。我不敢多看，怕它也会像车轮一样，跑下来一边。怕它像车一样碾压过来。我摸鱼，竟然也摸到自己的脚。我没吱声，接着摸。好几个脚印，摸到的是浑浊。后来又摸到鱼。

老马头找到我的时候，我们烧了一堆火，在烤鱼吃。火烧在鱼身上，吱吱冒水的声音让人感到痛快。它往外冒，我身上也轻松许多。老马头老远就在喊：那边出怪事了——你倒好，在这里烧鱼吃！看到玛丽亚朝他笑，他停住，连眼睛和嘴都停在那里。之后，他的声音小去许多：天啊，我的小祖宗！玛丽亚很好奇：祖宗不是爷爷吗？黄头发会说话。黄头发在望着他笑。他不再说话，连那边的怪事也忘了。

　　问起来才知道，王卒把那边山上的挖土机拖走了。全都拖走了。几台平板车拉来的，又用几台平板车拉回去。他望着我。他不知道王卒怎么就走了。他不知道黑头发怎么会和黄头发拢到一起。他说：你不是朱元璋也是牛元璋，牛尾巴栽到泥巴里，也会做牛叫。

　　我是那天晚上睡到半夜才知道的。先听到她穿在鞋子里，接着听到鞋子踩在地上，硬的地，有草的地，软的地。泼洒声像把整个湖洲罩在下面。回转的路好像不是把刚才倒转一遍，好像到了火房的屋檐下面。屋檐下面有一扇窗。我就睡在窗子里面。我装作睡着了。我控住呼吸，让它变得平缓。有一个人把呼吸举在窗子上。我听到了。原来她也不想好好做人。她也要做一头动物。她也到了别人的窗户边。我坐起来。她没动。她还在那里。她在笑。仿佛她早就知道会这样。

我们去了那边的房间。突然一下就明白了：为什么要有这样一间房，为什么这房子都喜欢。上天把一切都安排好了。安排在湖洲上。湖洲上有一间房子，里头全是床。

就是在这个晚上之后，我们说到湿地。她说她是受伤的湿地。两年以前，因为乳腺癌，她左边的乳房被切除。她当时的丈夫陪她做完这些，选择了离开。和很多这样的人一样，她也是在和死神有过一次碰面，身上有了一条伤之后，才想起要做点跟以前不一样的事情。联合国自然基金会要人，正好她学过汉语，就跟人一起来了。为了在这里建湿地保护区，她跑过纽约，跑过北京。她已经离不开这块地方，这块地方也需要她。她以前从来没有过这种感觉。她喜欢这种感觉。她也喜欢我，连房子一起喜欢。

很长一段时间，她都没让我看她的胸。黑暗中，我的手掠过那边的空虚，在一边山地上落脚。那边的空缺使得你不敢太过享受这边。假如这个世界上只有这一处山头，事情就好办了。可是你知道不是。你知道那边原来也有一座山，跟这边一样。就像汶川一样，突然一声地震，那边没有了。从这里走过，你得跟它一起受难。慢慢愈合。是的，我的手曾经掠过很多乳房。它们总是成双成对，总是让手，有时也让目光一起得到满足。倒是那块空地，让经过这里的手一下长大。它再也不能只是在上面踩，在上面爬。

后来她让我看。我看了。右边饱满而美丽。左边被残暴的力拉扯着，塌陷下去。褶皱的皮耷拉着，一道疤痕在上面扭动。目光打着寒战，想转往右边去，却被左边牢牢钩住。我咽了一口痰，努力把这些咽下去。有一点厌恶，还有别的。很多。这时候我看到她的脸，那样平静。安在上面的眼睛，像蓝色的湖。她说的瓦尔登湖大概就是这样。我在里面看到一个人，他叫牛立人。他身子里的阴影，正在被湖水淡去。

就觉得说什么都没用。压在她的胸脯上，右边一座山，没有山的那一边，里面是心脏。

后来我梦到王卒。好久没有梦到他。看八卦的老头说过，好久没有梦，梦到的会有些灵。是在晚上，我听到有人在往这边走，不知道那是谁。我蹲下身顺着路面的白色看过去，看出来是王卒。他来做什么？这地方现在是湿地保护区，他已经吞不下。他知道，他还来做什么？想起玛丽亚说过的话就想，他是不是也犯上癌症？我问了一句谁。他没说他是谁，他反问：是牛立人？后来我就醒了。

附录：

被他者化的自我与分裂叙事的隐喻

马　兵

　　《坏东西》是学群继《坏孩子》《坏家伙》后又一篇"坏"字当头的小说，它与前两篇之间有内在的呼应，也可独立成篇，而三篇小说总体上则构成一个有关自我与世界、自由与拘禁关系理解的中国版"恶童"三部曲。如果说在前两篇小说中，学群对于"坏"的叙事形象的塑造还带有模仿性很强的"反成长叙事"的特征(尤其是第一部《坏孩子》，很容易让人想起塞林格的《麦田守望者》等作)，那么到了《坏东西》，因为它勾连了众多的现实经验，尤其是城镇化进程中资本大棒挥舞之下种种罪与罚的怪现状，不但篇幅三部曲中最长，情感上最峻急、人物最富张力，而且也是最具有"中国故事"属性的一篇。因此，尽管小说被放置在"先锋新浪潮"的栏目之下，尽管它的叙述是那么芜杂和缠绕，将自我心理流动与外在交代自由地融混在一起，叙事的频率和时序也常常有违常理，但我相信很多读者同我一样，读完小说之后最直观的感受是作者有一颗忧愤的炽热的现实主义之心，小说在很多层面、很多角度和细节上都比那些有着忠厚现实主义样貌的小说更及物，更切身，也更深入。这反而提醒我们，在一个价值含混甚至倒错的世界里，反向的修辞法或许比常态的叙述更能清楚捕捉现实的面貌，就像小说里的叙述者，总是宣称"我自己就是土匪流氓"，他试图找寻的却是混沌生活里朴素的道德愿景。

稍微熟悉文学史的人都知道，新时期以来以"坏"为常、以颓废为激进的小说并不在少数，王朔、何顿、朱文、李师江、曹寇等人笔下更是所见多多，但像学群这样以"坏"为题的还是罕见。"坏东西"隐含着自我身份的命名，这种"坏"的主体性自然也一定隐含着历史、阶级话语、信仰、文化和意识形态等身份政治的某种召唤。因此，在我看来，学群坚持奉"坏"之名，是在用一种佯谬的方式来表达他对现代人应对现代性困境之迷惘和危机的思考。因为"坏"在伦理上近乎绝对的冒犯意味，"坏东西"身份主体的建构过程在小说中也不断表现为被社会外界的力量他者化和异化的过程，也因此，"坏"的自我身份在小说中是分裂的，换句话说，"坏东西"的"坏"其实是两种：一种是自我试图逃逸外部世界的修辞，一种是外部世界道德归罪式的排异评价。我想还是先从《坏孩子》谈起，因为它是"坏东西"的根。

发表于两年前的《坏孩子》，写的是后来成长为"坏家伙""坏东西"的那个叙述者的少年时代：本来是好好学生和班干部的少年决心做一个不遵章守纪的坏孩子，并且发现"做一个坏孩子其实过得很容易"，他选择做坏孩子的原因是有一天他发现，人"要么像一只方块字，一横一竖一撇一捺全都工工整整坐在格子里。要么从格子里溜出来，像一只老鼠偷偷摸摸——虽然你什么也没偷，只是把自己的时间从规定好的地方拿一些回来，可你还是像偷了一样"，成人按他们的原则建立了世界并要求孩子无条件服从，这激发了少年的叛逆，并以促狭和淘气作为武器抵抗成人的规矩对他的收编。在小说的最后，本来打算乘火车漫游的少年因为看不惯一个穿铁路制服的人的傲慢与跋扈而打伤了他，结果是自己被警察铐走送进了劳教所，"把我关进去的时候，他们发现，就像政治书上的那位副统帅一样，打学校里开始，我就是个坏孩子"。这个结尾，清晰地显示了"坏"的自我身份如何从一种追求异质和不驯的个性变成了被法律和道德双重排斥甚至是禁闭的他性。

到了第二部《坏家伙》，从劳教所出来的少年长成了青年，被父母托关系送进劳动局，但青年很快发现，劳动局"骨子里它跟劳教所，跟拔起后跟的鞋子一样，都是要把你装在里头，就像用袋子装一件东西。不同的地方在于：劳教所不让你出来，在这里你多半不想出来。劳教是有期限的，这里没有期限。劳教所不管三七二十一，把你关进里头算了。这边就好像在你的鼻子上牵了一根看不见的绳子。不用说，每天你得准时坐到某一层某一间屋子的某一个座位上"。这个发现又一次激起青年心中的叛逆，他在气死局长之后，又逃开警察的抓捕，到乡间的湖洲过起野人般的自在生活。在这一部的结尾，青年还是被熟人找到，他在草垛上睡过的阿珍怀了他的孩子，专门找到湖洲来告诉他这个消息。阿珍并不试图把青年再拖回常规的生活之网，可当青年看着阿珍远去，却蓦地生出对未出世的孩子的牵挂和责任。我以为，这样结尾显现的是学群对小说中"坏"的主体身份也即对自由不受羁绊的这种生命信念的边界的思考，即便是以负面修辞掩饰的正向的生命观，也必须有一个现实承载的问题，"坏"可以帮助青年把自己泅渡到生活的远处，但依旧阻隔不了他和世界发生关系的通道。于是，第三部《坏东西》登场了。在这一部中，在湖洲隐居多时的青年半自愿半被迫地开始全面地返回外部世界之中：先是被刘义兵的沙石公司收编成霸占码头的打手，后又被王卒设计招安在自己的地产公司里做征地强拆的先锋，然后又被选为区人大代表，被报社装扮成浪子回头的先进典型，买了房，结了婚，追随妻子去美国被拒签，妻子也再无音信。倦怠的青年回到自己少年时牧牛的地方，再一次悲凉地发现："一直是这样，总有那么一个人，叫你这样叫你那样。一会儿号子，一会儿码头，一会儿排球篮球，等下又是牛总牛代表。包括你姓什么、叫什么，都不是你说了算。这一回，老子谁也不听。老子自己来。"可是"我去做什么？我到哪里去"？的确如此，在这一部中，尽管对刘义兵、王卒、王卒的岳父、韩小冬这些来来往往的人，青年都有抗拒，但却架不住自己的"坏"名头被他们一再征用和压榨，而且在资本势力气势汹汹的威逼之下，他居然就做了那个出卖家族祖地的帮凶。而当青年选择再次拒绝世界的时候，他发现自己已经无路可逃。一个立志将"坏"进行到底的人在和资本势力的相逢中被冲得七零八落，甚至被充满反讽地污名化，一个像黑塞《在轮下》中的赫尔曼·海尔涅一样的人物却走向了汉斯·吉本拉特的道路，还有比这更荒诞的吗？

借用弗莱德里克·R. 卡尔的说法，对于先锋叙事来说，词语本身包含着"通往无限境界的去路"，因此先锋的信徒总是打破习惯用语的局限性，希望达到存有仍不可见的语言弹性的那个彼岸。在从"坏孩子"到"坏东西"的途中，"坏"隐含了学群对人体制化生存的反思，因此，他让青年打破"坏"的习见，以之作为区隔惰性和病态生活的手段，然而，对"坏"做出界定的权利更多并非来自自我，而是来自约定俗成的外部力量。在小说里，先是横暴的国家机器，继而是无所不能的金钱资本，让"坏孩子""坏家伙"和"坏东西"的主体异质性不断损耗直至消溃，"坏"这一词语伏藏的弹性依然不能构成救赎的彼岸。在这个意义上，"坏"字三部曲又具有了一种寓言般的指涉力。它在体量和影响上与匈牙利作家雅歌塔·克里斯多夫享有盛名的《恶童三部曲》(《恶童日记》《二人证据》《第三谎言》)自然不可同日而语，但这三篇小说在中国本土情境里的意义不容低估。

在叙事上，小说大量运用了意识流的手法，也许因为"意识流是最纯粹的自我表现形式"。叙事者对意识中自我的分裂是有着感知的，比如在刘义兵请青年出山的饭局上，他感到，每个人都有一个另面，"看起来是这样。给谁看呢？好像我们身上还有另外一个我，需要装给他们看"。这个感觉让我们想到在第一部《坏孩子》里那个关于"镜子"的核心意象，"镜子是个好东西，每个人都可以在里面找到他自己，也可以把心里的一些东西交给它。镜子远大于它的边界，没有什么能把它框定。把阳光交给镜子，镜子不会贪污也不会浪费。把镜子悬在头顶，地面上的万物，就会在天顶上生长起来。把镜子搁在地上，它就会躺成一方池塘，在自己的里面养上一块天空，云朵和几颗星星。就是这样一面镜子，我把一世界的东西交给它，它却只能埋在灰中，跟一头猪做伴"。事实上，在现代主义的小说中，作为生存隐喻镜像的镜子经常出现，它代替另一个自我，意味着解脱，更可能是不可企及的东西。"坏孩子"在出走之前，把破碎的镜子安置好，在象征的意义上也是对自己不被沾染的初心的祭奠。

对于坚持先锋的写作来说者，骚动不安的自我意识总是带着异质的锋芒(想想《坏孩子》里那个镜子如刀的比喻)面对世界，然而在一个资本掌控一切的"平的世界"里，被抹去痕迹的镜像提醒他们，"自我意识已成为自己的客观世界"。